———————— 阅读之前 没有真相

午夜文库

单挑

（日）伊坂幸太郎 著
星野空 译

新星出版社 NEW STAR PRESS

目录

1	PK
67	超人
129	密使
195	后记

PK ───

A

　　球场是一片绿色的海洋，色泽光鲜的草坪被灯光照亮。伤停补时的时间就像砂山被风渐渐侵蚀一般，一点一点地减少，眼看就要完全消失。观众们屏息静气，唯有视线移动时会响起声音。

　　忽然波涛翻腾，犹如纺锤形的鱼紧贴着水面穿过一般，足球摇动着，飞向了草坪右侧。

　　小津奔跑着插入，抬腿用右脚接到球的瞬间，体育场里五万观众的声音震撼了地面。那已经称不上是声音了，而该唤之以无言的呐喊。边裁没有举旗。

　　就在几秒前，他们还在争夺伊拉克队开出的角球。比赛结束的哨声何时会响起？就要响了吗？已经响了吗？每一个观众都惴惴不安。亚洲预选赛赛区一片混战，四个国家都还有可能在最终赛上获得世界杯的出线权。如果没有获胜，日本就无法出线。

　　"就只能到这里了。"就在观战的日本人郁闷地流露出这样的想法时，球传给了小津。也难怪那卡塔尔体育馆会被兴奋之情笼罩。

　　席位为出色之人而备。

尽管在这场比赛中失误不断，小津却仍旧是日本国家队的重中之重，是日本队无法放弃的球员。

伊拉克的防守阵容连同守门员共有四人。身材高大的后卫迅速向小津逼近。

小津用右脚背轻拨了一下球，后卫的身体自然也往相同方向移动。与此同时，小津却先行跨到球前，往后伸出右脚，用脚尖部位碰到了球，球在他的身后朝左滚去。后卫被在小津身后横向移动的足球虚晃了一下，失去了平衡。正要重整姿势时，小津已经从他身边穿过，朝着球门方向笔直地奔去。欢呼声如炸弹裂开般再度响起。

另一名后卫慌忙赶来。小津把球往左一挑，又一次改变了角度。后卫的视线紧跟着球，身体也随之倾斜。小津立刻赶到右侧，以一个小角度转换了方向。后卫脚下一滑，倒在地上。无穷无尽的巨大欢呼声翻腾起绿色的海洋，每一声都在球场上掀起浪头。

小津和门将形成一对一对峙。他把脚边的足球轻轻往右一拨，右脚跨前又立刻踢向左侧。守门员完全失去了重心，应该说他只是被小津诱导，并非主观失误。但事实是，他只能眼睁睁地看着小津摆出射门姿势，却没法站起身。

面对空门，小津只要把球踢进眼前的球网就好。

但这时，他倒下了。

从背后飞铲而来的后卫猛地撞上了小津的腿。他先是身子后仰，之后又往前摔倒，手撑在了草坪上。

怒吼声从观众席涌入球场。

小津的手牢牢地扒在地面上,像是为了避免被草坪之海完全淹没一般。有好一会儿,他就保持着卧倒的姿势没有动。

绿色的——但并不是淤泥的那种绿——美丽水面。

刺耳的主裁哨声传来,仿佛有一股强大的力量将看不见的巨大丝绸生生撕裂一般。裁判掏出红牌,转向伊拉克后卫。观众席上爆发出喊声,绿色的草坪之海如蛇腹般翻腾起伏。点球[①]。

[①]点球,Penalty Kick,缩写为PK。

ℬ

"爸爸有个朋友叫次郎。"父亲说。他目不转睛地看着两个正读幼儿园的儿子,"次郎一个劲儿地玩游戏,结果发生了不得了的事情哦。"

"他怎么了?"

"他游戏玩得太多,眼睛里都是游戏的颜色。"

"眼睛里有颜色……"孩子们轻轻地摸了摸自己的眼皮。

"这么一来,他看天空是蓝的,看大海就是黄的了。"

"真吓人。"

"是啊,可吓人了。"

两个幼儿园小孩慌忙抛开手里的便携式游戏机,揉了揉眼睛。然后看着对方的脸确认着:"眼睛怎么样?""还好好的是黑色的吗?"

父亲从孩子们诞生起,就喜欢用捏造次郎的恐怖经历来教育他们。

"次郎一直玩妈妈的缝纫机,结果发生了不得了的事情哦。他的手指被缝起来,食指和中指连在一起了。为了把它们分开,还动了手术,可吓人了。因为麻醉没起作用,据说痛得飞起来了哦。"威胁过后,孩子们就再也不敢靠近缝纫机了。

还有一天,他对着总是在看电视的儿子这么说:"次郎看电视节目看得太多,结果发生了不得了的事情哦。他被吸到了电视里面!电视的那一边一片漆黑,连声音都听不见。漆黑一片哦。他就这么去了电视机里。"

"次郎因为嘴巴里叼着牙刷跑来跑去,摔了一跤后发生了不得了的事情啊。牙刷刺过喉咙,从脖子后面突出来了。"

儿子们很同情次郎。他的脖子上有突出的牙刷头,手指上有被缝纫机缝过的疤,还顺带被吸到了电视机之国。真是受难之王。"哥哥,我们不是次郎真是太好了。""嗯,真是太好了。"兄弟俩表情严肃地互相说道。

C

电梯里,除了他们两人再无他人。"十四点要听佐藤课长解释有关都市计划法的修正方案,而在那之前,预定要乘公务车去博物馆与饭田氏会面。"秘书官操作着平板电脑,确认了日程表后,又报告道,"还有,后援会会长的长子后天结婚,已为此安排了贺电。"

大臣道了谢。同时他试着去读秘书官的内心,却只有站在黑板前面的感觉。上个月,以五十七岁之龄就任大臣一职后,他与这位秘书官第一次见面,然后就天天为这个人的冷淡与死心眼儿犯愁。虽然这也可以解释为他为人细致、正直,但对此刻不知该相信身边哪一个人的大臣而言,看不出感情的秘书官只会让他觉得毛骨悚然。

"或许会堵车,是不是早点出发比较好?"

"了解。"

"次郎君他,"大臣突然提到这个名字,"我父亲好像有一个叫次郎君的朋友。据说,这个次郎君有次因为迟到得太过分,肚子里被塞进了一只钟。"

秘书官无言地凝视着大臣,露出有些诧异、不知接下来会听到什么故事的表情,但还是离完全流露出感情有很远的距离,感觉像只是对听起来难以理解的语言表示疑惑而已。也看不出他是否有轻蔑之情。

"小时候父亲教育我们的时候,大都是讲次郎君的故事。做那种事会很惨的哦,实际上,次郎君变成这样了。类似这样的。比如,次郎君电视看得太多,被吸到电视里去了。还有玩缝纫机……"于是大臣讲了好几个次郎君的受难故事。

秘书官听后,完全没有兴趣地应了一句"很有趣呢",又说:"说起来,干事长来过电话。"

大臣的胸中忽地悬起沉重的砝码。

"他说什么了?"

"说'希望早日有回复'。我不是很了解内情,但他说'这么跟大臣说他就会懂的'。"

其实你也全都知道吧——这句话梗在大臣的喉咙中没有说出来——你是不是也在想,只要我快点作证就可以了?

前几日见面时,干事长瞪着他的大眼睛,气势凌人地说:"你该不会要说'我讨厌说谎'这种乳臭未干的话吧?!"

"我说过谎。"

"那么这次也那么做就好了。"

"但我讨厌自己的谎言弄乱他人的人生。"

"即使你再怎么正人君子,也有可能在不知不觉间伤害到别人。至今为止应该都是这样的,如今再说什么——"

"那我换个说法。我不讨厌说谎,但我讨厌被人逼着说谎。"

"这样的话,你也会出事的。"

"什么意思?"

"你寡廉鲜耻的行为会被公之于众。"

大臣并不能理解对方说的是什么,会用出"寡廉鲜耻"这种陈旧词汇,让人感受到他与社会生活隔绝的冷僻性格。另一方面,从这个可笑的词汇中,他也感受到了不明所以的恐怖。

"寡廉鲜耻是指怎样的行为?"

"色情狂、强奸、对未成年人实施性暴力、露阴癖等,很多吧?"

"那都是我没兴趣的事。"

这时,眼前的政治家嘲弄般地冷笑了一声,仿佛看到了非常无聊的事物,接着他断言:"但是,这些会被公之于众。"

"即使不是事实吗?"

"社会认为是事实就行。你的细君还有儿子们都会倍感失望吧?"

即使说话的语气就像评论电影般轻松,但大臣明白,对方是在认真地威胁。

"说起来,"在下降的电梯中,大臣开口问,"那个调查进行得如何了?"

秘书官扭头看他,没有说话,像在整理记忆。

"二〇〇二年世界杯的前一年。"正确地说,是前一年的预选赛。

秘书官沉默地点了点头，拿出平板电脑开始操作。

是关于法国世界杯足球赛亚洲预选赛最终战的调查①。在中立场地卡塔尔进行的比赛是一场四个国家都有出线可能的混战。日本队预选赛出线的条件是三胜，在对伊拉克的那场比赛中，双方以零比零进入伤停补时阶段，在最后时刻，日本的王牌选手小津获得了一记点球。

他委托秘书官调查这件事的相关情况。

"那个时候，小津为什么能罚中点球？"

电梯到了。走出电梯来到一楼，身穿西装的职员们像列队似的排成行，似乎正在身后偷偷说着自己的闲话。已经习惯了。早在就任大臣之前，可以说自从成为一个相对年轻的议员开始，他就承受着别人好奇的目光和关心的眼神。"看，就那个。"被指名道姓，让观众兴致勃勃。

即使不愉快，但作为一名政治家，被人说着"看，就那个"并被指指点点，也确实带来一些正面作用。这是事实。虽然自己的当选次数不少，但他也知道，成为大臣这一路会如此顺利，也是拜"看，就那个"的恩惠。

走出政府大楼，乘上公务车。大臣坐在后座靠里的位子，秘书官端坐在他身旁。司机发动车子，过了一小会儿，秘书官以一句"据说点球的成功率有八成"将话题转回到二〇〇一年的点球。

"我觉得，那时小津选手会罚中点球并不是件特别的事，罚中是

---

① 事实上二〇〇二年是日韩世界杯，可见作者是以架空的背景讲述虚构故事。

理所当然的。有八成的概率。"

"那天小津的状态不好。踢飞了两个无人防守的射门，传球的准确度也很差。这种事情在小津身上从来没发生过。"

"是的。这次调查时我也发现了。"

小津是十年前带领日本国家队的前锋。他的家庭谈不上富裕，小时候因为身体瘦弱而被同年级学生欺负，从此刻苦练习足球。即使从没名气的初中升入实力弱小的高中，却还是通过努力让自己的才能被世人所知。不知不觉间，他已成为拯救日本足球界的得分手。

"你真的没看那场比赛的直播吗？"

"是的。"秘书官回答得理直气壮。

十年前的那场世界杯最终预选赛，因为开赛时间与电视节目的黄金时段很接近，即使那天是工作日，大臣还是有每一位国民都观看了那场比赛的感觉。公司员工们大都扔下工作，兴冲冲地回家，或是去能看电视的酒吧之类可以集体观战的地方。有电视的饭馆都调到播放世界杯预选赛的频道，没有电视的店则门可罗雀，空无一人。不得不加班的员工就用公司的电脑浏览转播比赛实况的网页，趁中场休息时工作。虽然工作效率明显低下，却没人因此责备他们——因为会斥责工作时观战的人，自己也在观战。

车朝左拐了很大一个弯，开上路面宽敞的收费公路后加快了速度。左侧可以看到高高的政府大楼。

大臣说道："我一边看比赛一边想，从那天小津的表现来看，射失点球的可能性是相当高的。毕竟在比赛中他一直状态萎靡，而那是一场最重要的比赛。"

"也可以反过来想。即使状态再萎靡，正因为是最重要的一场比赛，王牌得分手才发挥出了本领。虽然我对足球不太了解，应该说我对所有体育项目都不太了解，但带球连过三人，这种事本身就很不可思议吧。"

"就算没有得分，那也是令人称道的表演。"正因为怎么都无法阻止小津，过于拼命的后卫才会犯规。

"最终，小津的点球成功了。日本国家队从世界杯预选赛中出线。"

"日本上下一片欢腾，本就是球星的小津更是成为超级球星，话题的中心人物。"

"我并不觉得这有什么问题……"秘书官冷冷地说。

"但是，那个时候宇野一定说了什么。"

十年前的伤停补时，正要罚点球时，中场球员宇野走近小津并叫住了他。两个人小声地说了几句，在那之后，小津的脸上绽放出光彩，任谁都能看出他的身体从束缚中解放了。

当时的情形留在了电视镜头里，被分析、引用、当成各种假说的证据。

两个日本国家队选手之间有过怎样的交流？

十年间，臆测纷纷。

"没想到，大臣竟然会委托我调查这个。"

"我很早以前就想知道真相。"

"既然以前就想知道，为什么最近才开始实际调查？"

"你怎么看?"大臣冲着车外的脸此时转向秘书官。

"什么?"

"为什么我会突然想要解开这个多年的疑问?"

秘书官没有回答。

B

"所谓勇气,只能从拥有勇气的人身上学到。"奥地利心理学家阿德勒曾经说过类似的话。作家在脑中默诵这句话,无数次反复回味着,并慢慢往这处有三轩茶屋的住宅区深处走。

一直到在涉谷乘上田园都市线,还感觉周围一片光明。但一回到被私人住宅、停车场及灌木丛围绕的地方,就觉得墙壁上黑影幢幢,马路上有黑色的液体,显得很潮湿,作家不由得小跑了起来。

几小时前,出版社的编辑称"有事商谈"而把他叫出门。于是他去了涉谷,在酒店的休息室里与对方见面。一开始他以为是讨论那部几个月前写完,又数次改稿的作品的出版时间;或是更换标题;也可能是对一直悬而未决的开头部分提出修改建议。

但他去了之后却发现情形有些不对。出版社编辑身旁还坐着一个身穿西装,头发中分的陌生男人。他大约四十岁出头,皮肤如陶瓷般光润。这个人摊开打印好的原稿,说:"实在抱歉,对身为畅销书作家且万般忙碌的您提出这样的恳求让我于心不安,"说话的语气虽很恭敬,却感受不到丝毫温度,"我想和您商谈改稿的事。"

原稿上到处都是用红字标注的删改。划掉原来的用词、标出用别的文字替换，还有几处整段删除。批改的数量甚是庞大。

当然，对于这种红字改稿他并没有抵触情绪。为了完成一部作品，与编辑之间的交流是家常便饭，也是他所希望的。但问题是，现在是被一个素不相识的男人催着修改。

"有什么理由吗？"作家理所当然地问道。

身穿西装的男人回答："因为这样会更好。"

"《宪法》二十一条明确规定禁止检阅。"

"检阅是指政府对出版物进行审查，在判断其内容不合适的情况下提出禁止出版。请仔细看，这些红色的文字全都是为了使作品更好而提出的建议，并非禁止出版。"

作家又翻了一遍原稿。特定的形容词被别的词语替换，几个普通名词被更改，还有些地方增加了"蓝色的"或"蓝得"如何之类的词。他无法理解这样修改的目的，在描写性行为的地方有"写得更具体形象些"的建议。若是有减少性描写的指示还能理解成检阅，但这确实和普通的改稿建议一样。然而，作家还是从这些红色的批注上感受到了不寻常的压力。红色的文字似乎从纸上翩然竖起，变成细钢丝的样子，正要刺向自己。

"不修改可以吗？"

"我希望您能修改。"男人用词很温和，却能感受到强硬的力量，作家胆怯了。胆怯的同时又觉得反感。对方似乎从一开始就没想过会被拒绝。

"那么，如果我说不的话，会怎么样？"

"如果我说会发生很麻烦的事，您能理解吗？"

"很麻烦的事？"作家瞟了一眼出版社的人，他打从一开始就沦为陪同者，既不发表意见也不作解释，只是面无表情，似乎在不知如何是好之后已经看开了。

"很麻烦的事是指被禁止出版吗？那么《宪法》的——"

"和二十一条没有关系。"西装男不耐烦地说着，"请容我讲述一下有关人的自由。"

"人的自由？"这到底有什么关系？作家感到莫名其妙。

"人可以按照喜好、在自己喜欢的时间、用喜欢的方式做喜欢的事。至少在现代日本，只要不违反法律，做这些就是被允许的。你也可以使用自己喜欢的词语、用自己喜欢的方式、写出自己的小说。"

"不过畅不畅销就是另一回事了。"作家点了点头。这时，出版社的编辑露出了微笑。

"但是，有时候，这种自由也可能会遇到阻碍。在某个时候，没有预告，也不知道理由，却被要求违背自己的想法。"

男人接下去说的是蚂蚁的话题。在被盛夏的阳光炙烤的土地上自由自在横行的蚁群。

蚂蚁们凭自由意志行动。当然，它们会遵从蚁群中的规则与安排、作战与指令，但这些也可以归为自由的范畴。这时有人来了，很可能是个小孩。这个小孩慢慢地抓起蚂蚁，毫无道理地让它移动，或是把它扔到别的地方，总之就是强迫它去自己并不打算去的地方。

也就是说,这时的蚂蚁因为莫名其妙的野蛮力量,被迫做出了违背自己想法的行为。

蚂蚁当然不会知道阻挠自由意志的力量的真面目。说起来,那个孩子的行为是否有可以称为理由的东西都不确定。

"但是,假设这只蚂蚁表示反抗,咬了人类的手指。不,不用咬,只要表现出抵抗的样子,那么小孩就有可能生气,说着'为什么你不听话'而把蚂蚁踩烂。"

"把那只蚂蚁?"

"如果很恼火的话,大概会把整个蚂蚁群都踩烂吧。"

听着西装男的话,作家不由得望向上方。

他想象着旅馆高高的天花板被掀开,巨大的鞋子突破钢骨与壁板把自己踩烂的样子。自己被野蛮地踩踏,东跑西窜,浑身抽搐。

他想起以前的同行曾经得意地说过有关"洗脑"的事。

"美国为了让民众不要对'战争'、'大战[①]'这样的词语抱有负面印象,很早就把'大战'之类的单词与正面意义相结合,运用在各种地方。比如'与艾滋病的战争',或是'与贫困的战争'。这是为了有一天发动真正的战争时,能够顺利取得国民的支持而做的准备。"同行有些兴奋地阐述这一观点。当时觉得这番话似乎在什么地方听过,而且所谓的"美国"指的到底是谁也暧昧不清,缺乏说服力,所以作家并不觉得这一观点有多新鲜,听听就

---

① "大战"的原文为 war。

算了。此时,这番话却忽然在脑中苏醒。

"下周我会致电给您。希望到那时您已经考虑好了。"西装男把用红笔批注过的原稿装进信封交给了他,出版社的编辑也没有多说什么,两人就一起离去了。

回到家,看到摆放在玄关处的孩子们的鞋和妻子的凉鞋,作家总算恢复了平静。他先到起居室,跟正在玩掌上游戏机的孩子们打了个招呼。

把上衣放进衣柜后,作家来到餐桌旁。妻子已经准备好晚餐了,桌上依次摆着盛有菜肴的盘子。

"今天有什么事吗?"妻子并没有看着作家,笑着说道,"核导弹?还是地震、恶性通货膨胀?"

"嗯啊。"作家应了一声。与其说是随声附和,更像是呻吟。

"你也很不对劲呢,总是一副不安的样子。"

"你怎么知道我不安?"

"你脸上不是写着呢嘛。很快就会有令人不安的事了,真令人不安哪。你不是要这么说吗?"

被妻子揶揄也无可奈何。他确实总是心怀不安。比如,如果朝鲜半岛北侧的国家宣布要进行携带大规模杀伤性武器的导弹发射试验,他就会看遍电视报道、周刊杂志、网上的新闻,也就是说,会完全被有限的情报诱导,然后一脸惨白地说:"这样可要出大事了。"又或者,如果看到天空中有奇怪的云,他就会认定那是大地震的征兆,于是暂时不靠近高层建筑,躲在家里,觉得应该尽量和家人待在一起。再有，看到周刊杂志上登载"日本经济将全面崩溃"、"纸币会变成废纸"这样具有煽动性的预测报道，他会大吃一惊，坐立不安，想着必须从谈不上充裕的存款里拿出一半，换成金子。

"等事情发生后就来不及了。"作家为自己的爱操心和小心翼翼辩解。

"但是，如果发生像战争、地震这种重大灾难，和大家一起被卷入不是也挺不错的吗？反正也无力改变。而且，光想着怎么让自己长命会很辛苦。你觉得核弹会落在这个国家？这很不现实哦，小说家的想法怎么和漫画一样。"

"不是这样的。"作家生气了。

他所担心的，并不是核弹落下后造成的物理上的伤害，也不是因为大地震而失去家与财产。这些事他当然也会害怕，但他更怕的是社会失去秩序，大家所遵从的法律与道德成为一纸空文的恐怖景象。

在他的梦里，街上的人群看起来都筋疲力尽、垂头丧气，沿着漫长的马路前进。有男有女，体型迥异，年龄不一。他们身穿灰色的衣服——原本应该是白色的，却被弄得脏兮兮、黑乎乎的，一脸不安与激愤。

对看不清的未来的忧虑使他们的衣衫变脏、脸色暗沉。

很快，不止衣衫，连他们的行为也会黑化。恶意与敌意突破表面的掩饰，身体开始遵从自身的欲望与暴力冲动，做出相应的行为。

常识不再通用，只有激愤的爆发。

"每一个人都是好人,但结为群体就成了无脑的怪物①。"

脑中浮现卓别林在电影中说过的台词。作家虽想守护家人,却被黑衣人群袭击,最终自己也溶入暗色中。

梦总是在这里醒来。

"喂,"作家问妻子,"如果被告知'要是不修改你的小说就会发生大地震',你会怎么做?"

"我不写什么小说,也没想过这些。"

"我是说假设。在可怕的压力下,你会怎么做?"

"谁知道呢。我可不认为你写的小说会带来大地震。"

"由于我的小说太有趣,读者们都感动得发抖,结果就发生了大地震——确实不会有这样的事呢。"作家苦笑着说。

"作家并没有什么了不起的影响力。比起这个,我更希望你发挥作为父亲的影响力。"

"什么意思?"

"想办法让孩子们别玩游戏机了。"

作家明白了妻子的意思,走近在起居室的沙发上玩掌上游戏机的孩子们,说:"爸爸有一个叫次郎君的朋友。"

孩子们不安地看向他。

"次郎光顾着玩游戏机,后来发生了不得了的事情。"

"爸爸,救救次郎君。"孩子们向他恳求。

---

① 这句话出自卓别林的电影《摩登时代》,原文是 Man as an individual is a genius. But men in the mass form the headless monster, a great, brutish idiot that goes where prodded.

D

新宿车站前的某个小酒馆里,男人正滔滔不绝地对女人说着:"那个,关于前一阵子的PK,你知道背后的故事吗?"

"PK?"

"就是半年前的世界杯预选赛,日本国家队的小津在最后的时刻踢进点球的事。你不可能不知道吧?"

玻璃杯中的鸡尾酒几乎见底。醉意渐浓,舌头不听使唤,男人却像要发表什么重大演讲一般微笑着说:"我说的就是关于那个时候小津为何踢进点球之谜。"

"啊,那个PK啊。"

"除此以外还有别的吗?"

"念力不是也叫PK[①]吗?"

"不知道。"

"你知道最近都在传的那个超能力者吗?"女人毫不在意地打断了男人的话,"拥有预知能力的杀人魔王。"

---

① 念力(psycho kinesis)的缩写也是PK。

"那是什么啊？科幻小说？电影？"

"有个杀人犯。"

"在哪儿？"男人左看看右看看。

"某个地方啦。某个地方的某个人要杀人。然后呢，那个人事先能预知有人会杀人。"

"好复杂。"

"于是，在发生杀人案之前他先杀了那个杀人犯。"

"为了防止杀人而杀人，感觉有点奇怪。"

"但因为那个人杀的都是坏人，就不能否认他的行为是正义的。然而，以旁观者来看，他只不过是个连续杀人犯。因为他去杀人都发生在杀人案发生之前。"

"好可怕。"

"不可怕哦。如果不是坏人，就不会被盯上。"

"不是这个意思。这样一来，那个家伙在对方实际犯下杀人罪行之前就已经做了审判。"

"是啊，因为是在事情发生之前去阻止。"

"也就是说，实际上没有人知道会不会发生杀人事件，对吗？因为是在发生之前阻止，那就有可能杀害了并没有罪的人。不，就算不是那样，只要开始担心'我是不是干掉了无辜的人'，就相当恐怖了。要是我就会害怕，做不到。"

"就是因为他有预知能力呀。"

"到开始烦恼可以相信预知能力到什么地步就很可怕了啊。也有可能并不是预知，而只是自己的妄想嘛。而且，不管以什么名义，杀人都是绝对不行的。绝不能做。"

"不管对方有多坏？"

"是啊。如果照着这可怕的思路一路猛冲，喏，就会演变成可怕的虐杀。"

"也不一定是虐杀，或许会有相反的模式。"

"相反的模式？反虐杀？"

"虐杀就是滥杀无辜，对吧？与之相反的，就是为了保护多数人而杀掉一个人。"

"那是什么情况？"

"你死了，世界就会得救，如果有人这么告诉你，你会怎么做？会有去死的勇气吗？"

男人交抱双臂，"嗯"了一声想了很久，然后斩钉截铁地回答："办不到。"因为他的语气有些粗鲁，女人这才意识到或许改变话题令他不愉快，于是又把话题转了回去。

"话说，足球比赛里的PK，一般都是罚球的一方有利吧？"

"是啊，点球。"

"所以说进球不是理所当然的吗？我虽然不太了解足球，但也知道小津君是一名很厉害的球员，没有什么谜不谜的吧。"

"唔，虽说如此，但那场比赛中的小津有些怪。到下半场的伤停补时之前，他的表现都称不上活跃，简直是失误连连，解说员都说他是不是患了病毒性感冒。但就在伤停补时阶段，他上演了令人震惊的好戏。果断带球直冲对方阵地，晃过了守门员，逼得对方在禁区内犯规。堪称神技。神一样的带球。"

"神会带球吗?"

"比喻啦,比喻。然后就是点球。通过转播镜头可以清楚地看到小津的表情,之后那段视频被反复播放了好多次,差不多有上百次呢,我觉得你肯定也看过。"

"没看过。"

"那你应该看一看。"

"我现在下定决心,坚决不看。"

"总之,小津在罚点球前非常严肃。"

虽然觉得没必要,男人还是使出浑身解数,认真地重现在屏幕上看到的、罚点球前小津选手的表情。男人说那是一张扭曲了信念,正要出卖自己灵魂的男人的脸。又说要是打比方的话,他那样子就像正在苦苦思索,该不该把躲在自家阁楼里的少女交给追捕者一样。或者说像把自己的性命与一起悲剧事件放在天平上称量比较一般。对了,若用刚才的话来说,那表情就像是在自问:"自己能为了世界而去死吗?"

"就在这时,宇野走近表情阴郁的小津,说了些什么,接着小津也说了什么。这才是那个点球之谜。"

"不过是鼓励的话吧。'加油啊'、'放轻松'之类的,然后小津说'交给我吧'之类的,不是吗?"

"目前流传得最煞有其事的说法是这样的。"

那天,小津选手正上小学一年级的独生子被陌生人带走了,带到远离父母的地方关了起来。不用说,身为双亲的小津和其妻都担心得发了疯,但又不能去找警察帮忙。一方面是因为他们真的相信歹徒所说的"记住，一旦报警，你儿子的命就没了"这样的惯用台词，另一方面原因是，歹徒要求的不是金钱，而是'在亚洲预选赛决赛中得分'这种性质完全不同的事。换句话说，他们觉得实施这次犯罪的团伙应该只是日本国家队的狂热支持者，以这种极端的方式为其加油。因此，只要小津如他们所愿得了分，儿子大概就会被毫发无损地释放。

"小津在预选赛开始前失踪了两星期左右。有人说他和教练发生争执，和宇野一起去自主训练了；也有人说他去调查对手了。但实际上是不是因为绑架事件而心力交瘁呢？"

"警察那里怎么说？"

"他应该没有报警。孩子在世界杯预选赛开赛前被绑架，作为父亲一定会失去判断能力。"说这话的男人自己才是因为不胜酒力而失去了判断能力吧。在这个时候，他应该做的并不是扬扬得意地大谈特谈足球八卦，而是该问问怎么没看到女子平时从不离身的戒指，再慢慢问出她刚和交往中的男性分手，然后婉转地表示一直想有朝一日坐上她的恋人宝座——但他似乎完全没有注意到。

"所以，那时的小津是抱着一死的决心。攸关儿子性命，怎么理智？而他在那场比赛中表现出的萎靡状态，也是因为太过紧张而空忙活。然后，在最后的最后，他获得了点球。这该说是执念取得了效果，还是运气呢？果然，有才能的人终会等来出手的时机。"

"是因为不进球孩子就会没命，他紧张过度，才会露出那种阴郁的表情吧？"

男人对女人良好的理解力表示满意，他用力点点头，说："是的。然后，宇野走到他身边时是这么对他说的：'小津，放心吧，你的孩子已经被释放了。自由了。'"

虽然一开始并不理解宇野话里的意思，但过了一会儿，小津脸上马上放出光彩。被告知儿子平安，他放松得几乎要当场瘫坐在地上。他露出少年一般的微笑，灯光照在他的脸上，更添了几分灿烂。

"这种说法有些勉强哦。"女人突然像在法庭上提出异议的律师一般，直截了当地反驳。她还微微举起手来，像在模仿举手说"我能发言吗"的学生。"为什么宇野选手会知道小津孩子的事？被绑架，还有被释放？"

"因为宇野也是绑架团伙中的一员，具体说来是负责联络工作的。"

"哎？是吗？"女人总算有了兴趣。男人的情绪也略有好转。

喂，就是现在，该注意到女人伸给他看的手上没有戒指啦。但是，男人依旧没有察觉。

"总之有这样的说法。但如今宇野死了，真相也就没人知道了。"

"咦,宇野先生已经去世了吗？"女人忽然在宇野后面加了"先生"两个字。

男人鼻孔放大，继续加以说明。世界杯预选赛上小津罚进点球后两个月，宇野在自家附近的小道上被一名兴奋剂上瘾者袭击,导致死亡。

"这该不会又被说成绑架团伙的暗中活动吧?"

"嗯,我觉得这是巧合。"

"但是,小津君和宇野先生从小学开始就是同学吧?我好像在哪里看到过,两个人都是在学校被欺负的孩子。"

男人也记得看到过这样的报道。他们加入了学校的足球部,却多次被高年级学长嫌弃,又因为当时身体尚弱小,受到身体方面的攻击时只有防守的份。二人经常请假不参加部里的活动,放了学就害怕地回家。"但在某一天,一切都改变了。"小津曾如此坦白,"那一时刻,那个瞬间,我们突然认识到,必须更认真地去面对。那一刻,就是决定性的一刻。"

"那么,那时的点球会不会也纯粹是童年好友宇野先生对他说'跟被欺负的时候比起来,现在已经好太多了'?然后,小津选手听了他的话后放松了。"

"实际上,确实有这样的说法。"男人说完这句后,酒精似乎迅速冲脑,只见他咚地垂下头,连话也说不出了。

"我啊,现在开始对你的迟钝感到讨厌了。"女人抚摸着没有戴戒指的手指,男人却已经听不到她的声音了。

C

秘书官接起手机，三言两语地应对后，一脸淡然地说："接下来的说明会延期了，负责此事的课长因为急性盲肠炎被送去医院了。"

"急性盲肠炎？"大臣吃了一惊，稍稍提高了音量。见面会已经结束，他们现在正在驶回政府大楼的车里。"会得那种病吗？"

"急性盲肠炎是存在的哟。"

"我不是这个意思。"

"就是因为得了才通知我的吧。"

原来如此，是这样啊，大臣虽然这么回答，却感受到了压迫感，胃也疼了起来。他脱口说出："这也是某种表现吧。"

"表现？"秘书官马上反问。

"简单来说，就是讨厌。"

大臣曾经觉得那位课长与自己意气相投，可以在以后的工作中建立起互相信赖的关系。此时，这种信赖却被压迫感不容分说地斩断了。

他观察着秘书官的表情，很想质问一句"你呢？不会是监视我的吧"。

车子驶入单向双车道的大马路，加快了速度，不过很快就因红灯而停下了。他静静地凝视着走过人行道的人流。车子再次开动后，他靠在座位上，透过车窗眺望外面。正在建设中的高楼掠过视野，停在顶楼的巨大起重机极具震撼力，仿佛正要嘎吱嘎吱地撕开车水马龙的道路及自己所在的地面。

"施工中的大楼里有梦想。"

"您说什么？"秘书官敏锐地听到了。

"建造这么大的建筑会让人安心。在施工，就表示有未来，你不这么觉得吗？"

"有时候工程会中途停止。"

"我父亲经常说……"

"次郎君的故事吗？"秘书官接话道。

"未来的故事。他对还是孩子的我们说：'未来会这样哦。会有在天空中飞的车，每一家都有一台机器人，还有在密封舱里为我们诊疗看病的医疗器械。'"

"是漫画一般的世界呢。"

"他还想过能公开上映立体色情电影的未来。那是父亲的愿望吧。"大臣笑道，"总之，他向我们描绘的未来都很了不起。"

"他是梦想家吗？"

"我也觉得他的想法很天真，但最近，我开始理解他了。比如，告诉孩子未来会很精彩和老实地告诉他们未来会很黑暗，哪种比较好？"

"断定未来一片光明是没有责任感的表现。"

"如果说的是明天的天气，那么或许是没有责任感。因为不管人怎么想，怎么做，天气都是不会变化的。因此有必要正确地告知明天的天气，并为之做准备。不过，确定未来状况的，是人。进一步讲，或许该说是人的感情。未来是光明还是黑暗，在现在这个时间点还无法确定。各种人类的感情堆积重叠，就会改变世界的发展方向。这么说怎么样呢？"

"意思是即使说谎，也应该说未来是光明的吗？"

"告诉你未来会有会飞的机器人，和告诉你未来会发生核战争，哪一种比较好？"大臣问秘书官。

"会飞的机器人也有点可怕呢，或许是军用机器人。"秘书官这么一说，大臣笑了。

"不管说什么，你都要在我的话里挑刺啊。"

"我不是这个意思。"秘书官僵硬地回答。

车里出现了一阵短暂的沉默。车子拐了一个弯，秘书官拿出平板电脑操作了一番，大臣则继续看着窗外。

"小时候，我还是很期待的。期待二十年还有三十年后，心砰砰跳的期待。现在的孩子又是怎样的呢？"

"怎样是指？"

"想到二十年后的事情，是否会心砰砰跳呢？"

过了一会儿，秘书官说："关于小津选手罚点球的事，要听一下最新的调查结果吗？"

"查到什么了吗？"

"那时宇野选手靠近小津选手后说了什么，关于这件事有许多假说。虽然宇野选手明显对小津选手说了话，但他自始至终都低着头，看不清口形。"

大臣看过无数次那段视频。被灯光照亮的球场，伤停补时中，身穿蓝色球服的宇野绷着脸，扭曲的表情看起来既像在强忍笑意，又像正承受着痛苦。他低着头，一边看着踏在草坪上的钉鞋一边说着什么。有那么一瞬，他的脸转向观众席，手微微一指，嘴上还在说着什么。

"宇野确实说了什么，却因为看不到他的脸，外界臆测纷纷。从很有说服力的，到相当出格的，五花八门。小津的儿子被绑架，他遭人威胁，这是传闻中离奇观点的代表。那粒点球的背后隐藏着犯罪，这种八卦是老百姓最喜闻乐见的。"

大臣回忆起反复观看录像时的事。

如被蓝布覆盖的天空下，椭圆形的体育场里灯火通明。在明亮的灯光下，小津的笑容格外炫目，堪称粲然，眼角都笑出了皱纹。脸上浮现出纯朴的微笑，像个被父母表扬的少年，又像是刚才那次进球是他职业生涯中的第一粒。再看另一边的宇野，虽然也看着小津的表情露出了微笑，却立刻转过身离开了。

"还有那种社会上常见的下三滥传言。"秘书官接下去说的，是有关小津选手的外遇谣言。

有人说，那时小津和足球队同僚的妻子有不伦关系。一开始只是寻求刺激、随便玩玩，因此也十分谨慎。但渐渐地，双方都萌生出爱意，破绽也随之而生，私情被对方的丈夫，也就是宇野发现。小津惧怕宇野的怒火，又被因背叛而产生的罪恶感折磨，所以在比赛中总是无法集中注意力。然而，在罚点球前，宇野这么对他说："要是罚进这个球，你和我老婆的事就一笔勾销了。"

"我觉得不伦之罪被原谅的时候不会露出那么爽快的笑脸。"大臣对"小津不伦说"付诸一笑，"事实上有不伦这回事儿吗？"

"当时小津夫妻的关系不好是事实，但说他和宇野选手的妻子有不伦关系不过是谣言。这次查到数年前他似乎和别的女性有过出轨行为，这件事谁都不知道。"

大臣对秘书官能查到谁都不知道的事表示钦佩，秘书官却没有表现出一丝喜悦，仿佛在说这是理所应当的。

"小津出轨是事实吗？"

"有这样的消息。"

干事长的话瞬间浮现在大臣心头："如果不按我说的去做伪证，那么你寡廉鲜耻的行为将被公之于众。"他断言社会大众认定的事实就是事实，即使并没有不伦的行为，但只要有不伦的消息，就成了事实。

为了这次秘密调查，秘书官动用了好几个民间机构。

要调查十年前的事，小规模的征信社起不了多大的作用，还是从体育记者和喜欢娱乐圈八卦的撰稿人那边收集到的消息更为丰富。同时要隐瞒委托人是大臣一事，委托途径就变得更为复杂，所以花费的时间比一般的调查要长。

"如果小津选手还活着，就可以直接问他了，调查起来会简单很多。"

话是这么说，但大臣并不敢肯定。就算小津还活着，他会老实地说出真相吗？世界杯后，小津受了伤，伤愈后也找不回状态，终究没能再在国内联赛中上场，最终引退。此后他挑战S级教练执照，并为获取资格而去参加海外的俱乐部，却在他乡土地上被突然袭来的台风夺走性命。

车在红灯前停下。秘书官望向窗外，左侧有好几栋像是公寓的新楼，斜阳红艳艳地照在建筑物外墙上。

"你知道在最后一轮预选赛开赛前半个月，小津选手和宇野选手一起行踪不明的事吗？"

"是两个人自主训练的那件事吗？"

"有一份调查报告让我很在意。是住在伊豆一间旧分售公寓里的居民的证词。"

"伊豆的分售公寓？"

"据说那名男子的父亲曾是公寓的管理员，他经常听父亲讲述十年前的事。"

公寓里每个房间的所有者都有可能把房产转卖给他人，或者借给别人暂住，因此实际上没办法管理每位住户。但据说十年前的某个时期，那位管理员曾很关心从某间房里传出的惨叫声与怒骂声。他担心是不是有什么犯罪行为，因而数次按响门铃，但每次出现的都是身穿西装的男人，对他解释道："我们是电影公司的人，正在审核拍好的影片。"他言辞温和，似乎可以信任，但管理员觉得听到的动静和人声都太活灵活现，这种情况持续了大约一个星期才停止。

"一星期后，管理员目睹男人们走出房间离开了公寓，那时有一个人的身影他觉得很眼熟，所以一直耿耿于怀。"

"是谁？"

"管理员有所察觉已经是过了一阵子后的事了。他看着电视上出现的小津选手，说那个人很像他。"

"像小津？"

"是的。"

"他在那里做什么？"大臣问。

"不知道。如今那位前公寓管理员患上了老年痴呆，住在疗养院。"

"也可能是信口开河。"

"当然。但也可能不是。"

车内一片肃静。

"不好意思，容我插一句话。"过了一小会儿，忽然有声音响起。大臣先是因为不知声音从何处传来而吓了一跳，但立刻就明白过来，开口的是驾驶席上握着方向盘的男人。"我一直想问一问您。"

"什么事？"

"那时您都想了些什么？救那个孩子的时候。"

秘书官理解了司机的意思，问："那是多久以前的事了？"

"那时我刚当上议员，还是个新手呢。快三十年了吧，反正距离现在肯定超过二十五年了。当时我什么都没想。总之，就是拼了命。要是理性一点的话，反而不会做出那种事了吧。"

大臣回忆起当年的事。二十七年前,正围绕引入消费税展开争论的时候,执政党一时失言,结果反扑的暴风雨扰乱了选举,在野党第一党获得了历史性的重大胜利。

"那个,我还很清楚地记得您救下孩子的新闻。"司机流露出兴奋之情,"我觉得那是很有勇气的行为。"

大臣歪着头,像在寻找天空的位置一般看着上方。虽然实际上不过是看着车里的天顶,但在大臣的脑海里,却清晰地闪过了那一天、那个瞬间所看到的景象。

"如今想来,"大臣有些无意识地喃喃道,"或许是考验。"

"考验什么?"秘书官立刻发问。

"比方说……"大臣顿了顿,思考之后说,"比方说,勇气的量。"

"勇气的量?谁?怎么考验?"司机困惑了,"那次的事件并不是意外吗?"

"是意外。我说不太清楚,"大臣摇了摇头,"只是,人有时候会面对某种巨大的考验。我是这么认为的。"

"我有些不太明白您的意思。"

"连我自己都不是很明白。人存在做选择的瞬间,所谓决断的瞬间。比如前锋在关键的比赛中突入禁区,是该射门还是传球?这就是一种决断。我觉得,那时我被考验的并不是这种判断力或决断力,而是勇气。需要决断的事情突然出现在面前,考验你有多少勇气。"

"被谁?"秘书官问。

"不知道。"这时大臣笑了,"我也不知道。不过,我并不觉得是特定的某个人。所以是无法用居住在哪里哪里的某某人来具体描述的。"

"您这么说是认真的吗?"

"搞不好那家伙,"这时男司机又插嘴道,"会因为扭曲了某处某人的信念而感到愉悦呢。"

"就像秘密结社一样。"大臣发出笑声,秘书官却毫无笑意。

A

刹那间，小津还没有意识到自己倒在了球场上。自从进入伤停补时阶段，他的意识就很模糊。他知道自己过了第一个后卫，但之后利用转移重心与脚步变换甩开另一个后卫与守门员的事却毫无印象。

从被铲倒后身体悬空的瞬间到倒地的这段时间里，小津回忆起孩提时的情景。

他看到了大马路。开阔的车道中央有分隔带，两旁的人行道也很宽阔。刚建好的公寓矗立在两旁，仿佛是夹住马路的墙。小津从公寓旁走过，背着书包，身旁是宇野。是还在读小学的自己和宇野。宇野一脸苍白，手摸着屁股。"小津，我还是决定放弃，不去俱乐部了。不行了。"他飞快地说道。

"嗯，我也不行了。"小津也摸着屁股。

那里刚被足球俱乐部的两个学长踢过。用树枝尖在屁股和大腿上划还不算，还要被踹。鞋尖刺到肉里，他们痛得发出惨叫，学长们却看着嘻笑。这些喜欢勒索欺负弱小后辈的学长深谙在老师面前扮演好学生的处世之道，在当时的小津他们看来，那群人简直是没有弱点的妖魔。

"我和小津你的身材都很矮小，不适合体育运动。"宇野提着拉绳袋说。可以看到短裤上沾着屁股上渗出的血。

每一天都好黑暗，好可怕，好痛苦啊，小津想。望着渐沉的夕阳，胃都痛了起来，一想到又要到明天了，两人的心情都变得沉闷。宇野和小津一样，没有父亲，只靠母亲的工资生活。

"穷孩子想在足球上获得成功，这想法好像有点太单纯了。"宇野经常这么说。

"但是，踢足球很开心是事实。"

想到连这都要失去，两个人都感到沮丧。

站在人行道上，两人看着走在上面的人群。他们啪嗒啪嗒地走着，没有生气的群体。不同年龄、不同穿着，男女老少。虽然主要是中年女性与老人，但也有身穿西装的男人，人们络绎不绝地走来。

"他们怎么了？"宇野心不在焉地说，"像僵尸一样。"他的语气并不像在开玩笑。

每一个人都耷拉着肩，还有人沉着脸，明显表现出心中的不悦。虽然他们的服装并不统一，却都是阴暗的灰色。

紧接着，身体受到了强烈的冲击，小津的意识回到了卡塔尔的足球场。从时间上来看，是从摸着屁股哭鼻子的那一天回到了十七年后的今天。以脸朝下的姿势往前栽倒，脸颊蹭过草坪，痒痒的。

背后的欢呼声直冲云天，像肉眼不可见的雪一般纷纷落下。

他用手抓着草坪站起身。球在哪里?他慌忙寻找,发现就在附近。

没踢进球门吗?他脑中一片混乱,这时听到了哨声。

体育馆里的欢呼声越发响亮,撼动了地面。

B

　　作家轻手轻脚地走进二楼的儿童房。夜已深，日历已翻到新的一页。六叠大小的狭小空间里摆着两张床，两个儿子面对面躺着，露出相似的睡脸。他们都踢开了被子，摆出杂技般的姿势。闭上的眼睑，长长的睫毛，微微张开的嘴唇，一切的一切都显示出对这个社会的毫无防备。作家觉得自己无法承受他们这样的信任，涌起仿佛心口被拧了一把似的罪恶感。

　　他静静地关上门，退到了过道上。回到自己的房间，他看着原稿。用红字写的修改建议从纸面上浮起，凭空跃动。

　　他回忆起以前看过的电影。

　　那是德国导演拍摄的以越南战争时期为背景的作品，讲述了被俘虏的美国空军策划脱逃的故事。那位空军被敌军带去某处，要求其在"我的祖国错了"的文件上签字，但他断然拒绝，结果受到了严刑拷打[1]。

　　电影很有意思。虽然在电影院里看过两遍，但印象最深刻的片段却是之后在电视上看的宣传片兼花絮。配合主角拒绝签字的

---

[1] 该片为德国导演沃纳·赫尔佐格的作品《重见天日》(*Rescue Dawn*)。

场景，可以听到导演讲解的声音："在这里，他被要求在背叛祖国的文件上签名。敌人说'其他人都签字了'，但他坚持了自己的信念。"

对啊！看到这里时，作家想到，在这一瞬间，这位军人被考验了他的信念。

"哎,不要紧吗？"妻子进到房间里。在敲门的同时走进房间，所以敲门只是种形式，但他并不生气。其实，在将近二十年的生活中，他已察觉到妻子的大大咧咧多次拯救了既胆小又神经质的自己。妻子递来邻居太太旅行后带回的特产馒头，说："你看起来比平时更忧心了。"

作家开始烦恼是否该说出自己心中的不安。他想告诉妻子神秘男人的神秘改稿所带给他的神秘压力，并希望妻子能一笑置之。

"出轨要被发现了啊。"作家故意一脸严肃地搪塞。而事实上，他确实有过出轨的前科，所以这句话也近似于半开玩笑地坦白。

妻子满不在乎地笑了。"那就不用担心了。我也出过轨，扯平了。"她留下这么一句后就离开了。

作家对着打印出来的原稿，看着批注的大量改稿意见，虽想要细细研读却很快发出叹息。

"今天见面时挨说了吗？"

听到妻子的声音，他抬起了脸。回来了吗？作家恍惚地想着，口中说起在酒店里听到的话题，用讴歌自由的蚂蚁和阻碍它们的孩童打比方的话题。

"蚂蚁和孩童的故事什么的，完全不明白是什么意思啊。"

"啊呀，这个馅儿真好吃。"妻子嘴里含着馒头说着，接着像是若无其事般地回答，"不，我觉得可以理解哦。"

作家吃了一惊。"能理解？"

"不就是说这世上有令人无法违背的洪流吗？"

作家不懂妻子的意思，竟突然环视周围，看那洪流在哪里。

"这个世界，就像一条不可思议的河流，连结起各种事物，到一定程度后不就会泛滥吗？比如，那个学校里教过的，你知道第一次世界大战的导火索吗？"

为什么这时扯出差不多一百年前的事情来？作家虽然很惊讶，却还是回答："奥地利的皇太子夫妻在塞尔维亚被一个青年谋杀。学校的历史课上教过。"

"我在学到这里的时候觉得很害怕呢，这么一桩杀人事件竟然与世界大战联系到一起。"

"我也是。"

"然后呢，我之前看了你房间里的一本书。"妻子开始在房间里走来走去，然后从里面的架子上抽出 A.J.P. 泰勒的《战争因何而起》。妻子翻着书，说："那个，据说奥地利的皇太子夫妻前往塞尔维亚访问时有许多人反对，因为对被奥地利吞并感到不满。反抗集团引发了事件，实际上，当天还有五个人刺杀失败。"

"还有五个人？"

"第一个和第二个都没能掏出枪；第三个人觉得皇太子的妻子很可怜；第四个人逃跑了；第五个人虽然扔出炸弹却失败了。然后，第六个人听说前五人都失败后很是沮丧，走进了一家咖啡馆。"

"感觉像是三只小猪的故事呢。第一只小猪盖了茅草房子，第二只小猪盖了木头房子。"

"另一方面，皇太子因为炸弹爆炸引发的骚乱而恼羞成怒，说'我不想再待在这里了'，要离开。"

"如果我是他的话也会这样，逃跑喽。"

"结果呢，这样一来，刚才那个钻进咖啡馆的失落第六人却发现了逃跑的皇太子。"

"该说是巧合，还是什么呢？"

"很奇妙吧？因为各种巧合的合流，皇太子夫妻遇刺身亡，世界卷入了战争。"

"我觉得如果第一只小猪成功了，战争也会发生。"

"虽然是这样，我却觉得有一股巨大的力量，超越了个人的力量，推动着事物的发展。"

"是说命运之类的吗？"

"是比命运更为杂乱无章的东西哦。这个世界上发生的'起因与结果'实际上都是无解的吧。就那么区区一桩杀人事件，却与导致一千万人死亡的世界大战有关系。"

这时作家想起第一次世界大战是导致西班牙流感蔓延的主要原因。这样一展开，也就是说，暗杀皇太子甚至与西班牙流感蔓延有了关联。再说下去，就是那个青年因为沮丧而一时兴起，突然想去咖啡馆的心血来潮影响到了无数人的人生。

"虽然我说不太好，但或许正是这样的关联在推动这个世界。

细小的变化重复积累，带动世界发生了完全预想不到的变化。不同的人在不同的情形下接到不同的命令。"

"你居然能理所当然地说出这么难懂的事。"作家发现妻子和平时不大一样，他总算察觉此时的妻子很奇怪。

"但是，这么想就轻松了吧？"妻子平静地眯起眼，"人会在某个时候、面对某方面的考验，你面对的是一种哪怕闷着头想破脑袋，依旧无可奈何的巨大力量，这么想不就轻松了吗？摆好的多米诺骨牌中，即使有一块想要抵抗，该倒的时候还是会倒。"

"那么，我该怎么做才好？若有巨大的力量想要推动我们，那我的意志以及决断还有意义吗？"

"很简单啊。不管你怎么做，都不会有太大的影响。"

"所以？"

"所以选择能让孩子们骄傲的做法就好了。"

"是这样的吗？"作家反问，却发现妻子不在了。

门关着。房间里一片寂静。直到说出"出轨"之类的话，妻子都还是真实的，那之后则是自己和妻子的幻影在对话。认识到这一点后，作家不由得面红耳赤。

作家手中拿着泰勒的书。想想也是，不擅长看铅字的妻子不可能翻自己房间里的书。

他看了一遍桌上的改稿意见。在酒店的休息室里只粗粗一瞥，未能理解这些修改建议到底是根据什么而提出的，现在再次细细一读，他发现经过修改，完全改变了作品原本的色彩。

他抓起听筒，打电话给负责的编辑。

对方立刻接起了电话。

"关于改稿的事，我刚才又重新看了一遍。"

"请稍等。"责编说了一句后，立刻就听到另一个声音说"怎么了"，正是在休息室里见过的西装男。为什么他还在责编身旁？作家因为男人片刻不离编辑而吃惊，他们又不可能是恋人关系。他犹豫了一下，还是说起了正事——他并不反对改稿意见，但这样修改的话，小说的内容会变得浅薄——他如此传达。

"浅薄，是指什么？"

"故事中阴暗的部分不见了，整篇都变得华而不实。"

"华而不实不是挺好的吗？"男人冷冷地反驳。

"我的读者恐怕会失望。"

"是这样吗？我认为没有问题，应该会比原来更好。"

"我很难认同。"

"这件很难认同的事最终会得到您的认同。"男人断言，"因为会出大事。"

这一瞬间，第一次世界大战的事再一次掠过作家的脑海。五只小猪都失败了，最终第六只小猪杀害了皇太子夫妻，而结果是世界大战的爆发。但反过来想也是行得通的。不正是因为五只小猪没能遵从指示，才发生了"大事"吗？第一次世界大战足以堪称"大事"了。

电话已在不知不觉间挂断了。

原稿摊在面前的书桌上，作家则岿然不动地瞪着它。

"他坚持了自己的信念。"

那部战争电影的导演说过的旁白再一次在脑中闪过。

不只自己，所有人的主义与信念不都会突然在某一天遇到考验吗？不都有受到诱惑与威胁的时刻吗？世间频发的不伦之恋及渎职恶行不都是类似考验最简明易懂的表现形式吗？

面对考验，扭曲了自己的信念。

放弃某个人、妥协、受挫，每到这时都会有渣滓一般的东西沉淀。作家想象着这样的光景。被某个人抛弃的信念化作可怖的乌鸦羽毛，飘然落在地上。黑色的羽毛越来越多，就像有人扭转了灯的开关，明亮的未来渐渐被黑影包围。

另外，他也设想了相反的情况。

某个人为了不扭曲自己的信念，为了个人的固执己见与自我满足，给许多人带去了灾难。不是也会有这样的事情吗？

到了早上，作家走到餐桌旁，家人全都起床了。

作家在餐桌旁，对着还在犯困的孩子们讲起或许会在未来登场的私家飞行车。孩子们的双眼为之闪闪发亮。看着孩子们认真地讨论飞行车飞入云间后雨刷是否还能起作用的样子，作家眯起了眼。

E

这片区域是把以前的低矮住房与临街店铺全部拆除后再开发的。单侧马路能并行两排车,与之平行的人行道上整齐地铺着花岗岩。他走在人行道上,绿化带里的杜鹃花开得正旺,人行道旁是一排新建的公寓。

他刚参加完以年轻议员为对象的学习会,正为了商谈老家庭院的整修事宜而往弟弟居住的公寓赶去。

虽然当选已有半年,他却依然没有当上议员的真实感。套近乎的人、专攻新议员的媒体人;支持者的声音,以及无声的牵制将他包围,在真实感涌起之前,被卷入旋涡的感觉更为强烈。

学习会结束后,一名议员前辈走近正准备离开的他。

"我是您父亲的崇拜者。"那名议员坦言,就像在坦白自己是左派在野党一般小声。

"哎呀,这样吗?"他做出吃惊的样子。从小就经常在出人意料的地方遇上父亲的热心读者,因此他并不觉得有多稀奇,但同党派的议员里也有父亲的粉丝,这还是第一次,他感到有些不好意思。

"听说他直到去世前都在写小说？"

"我觉得那只是因为除此之外他也没有别的事可做。"

在他快升初中的时候，父亲因癌症去世。他清楚地记得父亲躺在医院的病床上，微笑着说："以这样的方式结束的话还算不错。"他无法理解已经从医生那里收到癌症诊断报告的父亲，为何还说"以这样的方式"。

"我很担心发生大地震或洪水。"体力刚开始衰弱的时候，父亲曾躺在病床上这么说，"会担心是不是因我而起。"

现在回想起来，差不多那个时候东南亚发生了大规模地震，由于伤亡惨重而成为话题。但他觉得不需要特意告知病床上的父亲，所以始终没有提。

最终，父亲反复入院几次后，连一年都没撑过去就去世了。

议员前辈一腔热血地说："如果再不对当今的政治做些什么的话，这个国家就完蛋了。这个国家现在虽是一片繁荣，却是暂时的。把球投出后，球会画出抛物线然后落下，对吧？而这个下落过程，正是我们所要经历的。不眼睁睁地看着球落到地面，我们的国民是不会理解'下落'的。即使站在政治家的立场，也只是从现实中转开视线，说什么'现在还不到下落的过程'。但可惜的是，为了让球再度高高上升，不经过反弹是不行的。"

"什么意思？"

"要落到地上一次之后才会再往上。"

议员前辈说得情绪高涨，像螃蟹一般嘴边噗噗地吐着白沫。他盯着看了好一会儿。

他走在宽敞的人行道上，看到成群结队的人潮。由几十个人组成的一个团体，一齐从旁边的岔路上走来，与主路上的人流汇合。他们的年龄、性别、服装都大相径庭，看起来并不像从事相同工作的同事。是抗议游行之后一起回家吗？可没看到写有主张或诉求之类的东西，既没有标语牌，也没有旗帜。为了不撞上这群人，他开始往人行道靠公寓那边移动。

他一边从人群旁走过，一边观察。

这群人的脸上有着相似的黯然与疲惫，就像枯萎的植物在前进。虽然他们的服装各不相同，并没有制服一般的统一着装，但或许是受光影的影响，看起来都是铅一样的暗沉颜色。他们中的每一个人，都像是增殖的霉菌。

从旁走过后，他加快了脚步。他想尽早远离这个群体。

身后那堆阴郁的东西像是混合了不安、恐怖与恶意的潮湿之气，躬行于地面，将四周都染成一片乌黑，甚至让人觉得他们会向自己袭来。

"懦弱是会传染的。"他的脑中掠过父亲时常挂在嘴边的话。这是某位心理学家说的，父亲时常这么说着，并为万事担忧。

跟在身后的人群身上就带着所谓的"懦弱"集合体。他不禁觉得，如果不与之保持距离，自己也会被传染。

从公寓前经过，他忽地抬起视线。就在这时，幼儿坠落。

C

"就快到了。"司机打着方向盘，发出爽朗的声音。在交叉路口左转，沿直线道路前进。小小的十字路口上信号灯转为红色，商务车停下了。窗外的建筑物上装有巨大的显示屏，正播放着减肥食品的广告——"比您现在的做法更简单、更有效。"车里响起手机铃声，大臣起先以为是自己的手机，但几乎就在同时，秘书官说："是我的，可以接吗？"

大臣点头后，秘书官按下了手机的通话键，在应声附和了几句后立刻挂断。

"是我委托的人打来的，我让他把当时的报纸一个不漏地查一下。"

"发现了什么吗？"

"查到十年前的那天，也就是举行世界杯预选赛的那天，东京都内有一名男性被杀。"

大臣皱起眉，没想到会听到死亡事件。

"杀人事件每天都在发生吧。"

"据说死者是小津选手和宇野选手小学时的学长，足球部的。"

大臣像被人从意料不到的角度戳了一下咯吱窝，突然没办法好好思考了。

"是欺负过小津他们的学长中的一个吗？"

"在车祸中当场死亡。肇事者没找到，过了十年至今仍是悬案。"

"和这件事有什么关系吗？"

大臣寻找着合适的言辞。脑海中浮现出小津、宇野和不知长相的学长并排站在一起的画面。他试着去想象三个人的关系，却没能想出清晰的构图。

"另外，还查明了一件事。那位学长似乎参与了非法活动。"秘书官说话的语气依旧像没血没肉的机器。

"非法活动？是贩卖麻药之类的？"大臣说出脑中所想。

"体育赛事赌博。"秘书官回答。

这一瞬间，大臣的脑中浮现出如下光景。

犹如蓝色幕帘的夜空下，灯光绚烂闪耀，舞台上是宛如绿色海洋的球场和设置在草坪上的球门。身穿红色球衣的守门员面前站着身穿蓝色球衣的球员，那人正是小津。他被对手铲倒，刚站起身。调整好呼吸，他看了一眼放好的足球，然后双眼紧盯着守门员。

"小津。"宇野走近他后叫他。

"不好意思。"小津条件反射似的回答。

"为什么要道歉啊？"

"按照赌注,今天必须得输,但我却不由自主地想射门。"在接到球的瞬间,他反射性地开始过人。像是无法忍受禁欲,要将自己的感情引爆一般,完全不考虑后果地直冲球门,毫不理会接到的"输球"指示。

"不,小津,没关系了。"宇野扁平的脸此时显得更扁了。

小津猛地抬起脸:"没关系是指?"

"学长的事解决了。"宇野简短地说。像是害怕与之面对面,他低头看着自己的钉鞋,"我看到观众席上的信号了。跟说好的一样,有一排白衣服的男人,那是我们解放了的暗号。"

小津听懂了这句话的意思,目光望向观众席。"那么,"他向童年玩伴宇野确认,"接下来自由去踢就好了?"

看见宇野点头,小津露出浅浅的微笑,如释重负。

"也就是说,这个人的死与小津他们有关?"大臣摸着鼻子,有些苦涩地说道。

"虽然还不清楚,但从情报上推测,有这个可能。"

"为什么还不清楚?"

"现在正在调查当时小津选手和宇野选手的银行账户资金流动情况。"虽然秘书官说得轻描淡写,大臣却无法轻易接受。这种情报真能轻易入手吗?

"小津选手和宇野选手的少年时代都很贫困,因此,据说他们在跟金钱有关的事上都颇有贪念。"

"据称吗?"

"如果翻阅有关小津的纪实文学，大致都这么写。"秘书官像在讲述昆虫生态般说着他人的人生，"我想问的是，大臣您为什么如此纠结那次点球？已经过去十年了，如今再特地去调查真相又是为什么呢？"

"我自己很感兴趣。"大臣回答，"除了这个，我还很介意在那场比赛中，小津是否有某种类似信念的东西。"大臣说到这里，似乎突然明白了自己的想法，"或许，我是想了解那时小津有没有面对勇气的考验。"

"为什么？"

"因为对现在的我来说，那是必须拥有的东西。"大臣在心中默念，所谓勇气，只能从拥有勇气的人身上学到。

没想到真相竟然跟赌博有关，大臣耸耸肩。

"有时候还是不知道比较好。"

A

球场就像海洋。脚下的绿色草坪轻轻晃动,感觉像站在海中。虽然必须直面点球,但他却有些站不住。距离感已经混乱,原本该在前方的白色球门看起来仿佛跨越了自己,矗立在正上方。球门对面是一张张观众的脸,与其说他们是拥有各自人生的实体,倒更像是没有感情的人偶布景。

球门前有一个穿红色衣服的男人,拍着手,张开手臂,忽左忽右地跳来跳去。是守门员,他半天才反应过来。一边的主裁似乎说了什么,但小津听不到。灯光下人影攒动,小津睁开眼看见了宇野。

"你在想什么啊?"他还是小学时的模样,只是多了那时没有的胡须。

宇野对小津说:"刚才的过人好厉害。"

"我拼命了。"小津嘀嘀咕咕地回答,他必须在过人之后得分。为什么会摔倒呢?他悔恨得无以复加。

"一片惨白哦,你的脸。"近在身边的宇野像要集中精神感受草坪的触感一般微微低着头,似乎有些不镇静。

"我在害怕。"小津也低下头,两人就像害羞的情侣正低头互诉衷肠一般。我被人威胁了——他很想这么坦白,却做不到。那算是威胁吗,还是命令?或者只是商量?他连这些都没搞清楚。

"如果有点球的机会,请踢空。"

男人第一次出现是在几个月前,突然出现在球队远征海外时住的旅馆里。他自称经日本足球协会的相关人员介绍,身穿高级西装,彬彬有礼,还捧着许多主旨不明的合同。"世界杯亚洲区预选赛的最终战上,如果得到点球的机会,请不要罚中。"

"你是不是想说请罚中?"

"请不要罚中。我希望你罚失。"

小津只能笑。

"为什么必须罚失点球?"

这种话就算是开玩笑也很不吉利,而且他觉得这个男人很轻率。那次之后,男人又出现在小津面前好几次,面对不予理睬的小津,男人很快增加了条件。"哪怕那场最终战是决定世界杯能否出现的重要比赛也无妨。不过如果在那之前已经确定出线,请忘记这件事。"

小津自然疑心这是在暗示他踢假球,然而男人否定了这一点。"我并不是要你输。过人之后射门得分是没有关系的,通过传球让别人得分,我们也不会介意。大家可以自由地赢下比赛,并为之庆贺。"

这种说法听起来就像没有许可就不能庆贺一样,小津有些疑惑。

"我所说的，只是点球。"

"你觉得我可能故意踢失吗？"

"憋足了劲，却踢出门框范围外的先例要多少有多少。请看一下历届世界杯，过去也有的是天才球员踢飞点球的事例哦。"

"我不可以输。"

"你可以赢球，我并不是在要求你输球。只要在出现点球的时候罚失就可以了。"

"那样的话，我就不罚点球。"

"必须由你来罚。"

"你这样命令我，到底是出于什么理由？这样做有什么好处？"

"就是发生了这样的情况。"男人回答时始终沉稳，但可以确定他并不是在开玩笑，也不是没有经过深思熟虑就张口。小津感觉像面对一块钢板，不管问他什么，都会有话弹回。而且这块板正咕咚咕咚地把自己压碎。

"如果你不听从的话，会发生很麻烦的事。你，还有你身边的人，说不定还会有地方发生重大灾害。"

小津笑了。如果踢进点球，就会像按下开关一般，大地晃动，山崩地裂——类似漫画中描绘的连锁反应场景出现在他的脑海中。这是什么多米诺效应啊？

"故意失败什么的，"小津嘟囔着，"这违背了我的信念。"

"就是这样，"男人尖锐地说，"我希望你违背信念。"

坚决不肯点头的小津在某天被押上了车，带到了海边的一幢公寓。

你们到底在做什么？这不是绑架吗？我要报警，这是犯罪！虽然他这么叫嚷，对方却充耳不闻，他被关进了无人知晓的大楼里。虽然会有人定期送来食物，却没人可以交流。房间里摆着一排显示器，里面映出的人脸只是一个劲儿地念着"请听从指示"。无法翻窗逃离，他在监禁生活与没完没了的重复影像中渐渐意识混乱。不久后，显示器上开始播放别的视频，各种知名球员踢飞点球的画面循环重复。有普拉蒂尼，巴乔。他们踢飞重要的点球后，观众一片哗然，而天才球员们的表现各不相同，懊恼、抱头、茫然。小津苦笑着，自己怎么可能被这么单纯的洗脑手段骗到，但这些被无数次回放的画面还是紧紧地揪住了小津的神经。再之后，画面里出现了小津的家人。并不是纪念照片，而像是有人偷拍了他们的日常生活，小津不理解对方这样做的意图，却感到越来越不安。

不知过了几天，总之很久之后，西装男的身影才再次出现。

"如果你听从我们的指示，那么监禁就此结束。若你还不愿接受，就永远不会完。"

"我接受。"小津把头蹭到地面，"请多关照。"

回过神时，他发现自己在家中醒来。他慌忙擦着汗，以为是做了一场噩梦，但那些记忆鲜明得让他怀疑自己确实经历了那一切。

"看观众席。"宇野的手指刷地指向看台，并抬了抬下巴。小津顺着他看了过去。许许多多观众的脸，数不胜数。"有那么多的人在看着我们，看着你罚点球。大家那么忙，却因为我们的表现或喜或忧,你不觉得这样很厉害吗?"

"别给我压力啊。"小津苦笑。

"大家明明不了解我们平时有多辛苦,却会在比赛结束后毫无顾忌地畅所欲言。"

"是啊。"小津叹了口气,"唉,宇野。"

"怎么了?"

"如果我故意踢飞点球的话,怎么办?"

出乎意料,宇野并没有笑,他一脸严肃地问:"你被这么命令了吗?"

小津目不转睛地看着宇野。你也是吗?他想问,你知道什么吗?但这时小津却只说出:"我们会输吗?"他想到了西装男冰冷的眼神,此时他觉得输的不仅是比赛,还会输掉别的东西。

晃动的草坪静止了,如波涛般起伏的看台也安静了下来。

"如果我现在罚中点球,"小津说,"会怎样?"

小津的脚边飞出黑压压的手,抓住了他的身体。这可怕的、从草坪中伸出的手像要把他拽入塞满绿色淤泥的沼泽。掉进来就会轻松哦,它这么诱惑着自己。

"我要是现在罚中点球——足球比赛的结果真的会对世界产生影响吗?"

"会。"宇野立即回答。

"会是怎样的影响?"

"你还记得我们小时候见过的那件事吗?我们想要放弃足球的时候。"

他立刻就理解了宇野所说的场景。那既不是世界杯上明星球员魔术般的射门，也不是看过的漫画里登场人物的活跃表现。是放学回家的路上，两人哭着鼻子说再也不踢足球的时候看到的那个场景。

"和那个一样哦。"宇野说。

"啊？"

"大家会产生勇气。"

不知何时宇野离开了。禁区里只剩下小津一人，连主裁的身影都看不到了。球门在视线前方，小津可以清晰地把握它的轮廓，连弓着身子的守门员脸上逞强的表情都看得清。

足球就在数米远的地方。

小津的脚慢慢离开地面，开始了助跑。他渐渐加速，靠近足球，挥手，膝盖一弯。

脑中，十七年前的光景再度浮现。

在放学回家的路上，和宇野一起在宽敞的人行道上经历的那件事。刚看到幼儿在街边公寓的阳台时，他们还不理解事情的状况。差不多有四层楼高的阳台上有一个两岁左右的孩子，称之为婴儿感觉大了些。幼儿从阳台的栏杆中探出头往下看，正当小津喃喃着"危险"时，幼儿的身体咕噜往前一滚，直直落下。小津的呼吸瞬间停止，身体无法动弹。

轻松得就像盆栽落下，幼儿正逐渐接近地面。

有人在跑动。一名身穿西装的男人一边全神贯注地仰天看着，一边冲了过去。他双臂前伸，就像在可怜巴巴地乞讨一般，虽然他的奔跑姿势有些可笑,动作却很敏捷。

小津与宇野只是茫然地用视线追随着他。

或许只有几秒都不到的时间,却足够幼儿坠落。

脑中掠过幼儿与地面撞击的场面,"要赶上啊!"小津在心里呼喊。

幼儿落在了男人的手臂间。

安心与震惊,伴随着暖意在小津的胸口化开。

回过神时,他发现自己正双手高举,发出了呐喊。身边的宇野也同样举起了拳头,像要高喊万岁。附近的每个人都是如此。人行道上聚集着几十个人,就是刚从对面走来的那些,服饰黯淡、表情阴郁的他们也和小津等人一样,因幼儿获救的瞬间而兴奋。他们发出不成句的声音,久久回荡的欢呼声并不仅仅是出于放心。有几个人互相拥抱,出色地接住了幼儿的西装男却似乎意识模糊,像是总算从紧张中解脱了一般,一屁股瘫坐到地上,兀自颤抖。

地动山摇般的欢呼声淹没了卡塔尔的体育场,也撼动了小津。他终于发现自己正双膝跪地,上半身挺直,高高地举着双手。踢出的足球在球门里。从体内迸发出的喜悦,混合了观众席上的呼声与震动,化作更为响亮的声音。宇野一把抱住了他。"干得好!"他揉着他的脸笑着说。小津的拳头又一次伸向头顶的夜空。

围在抱着幼儿的男人身边的人们,回味着刚刚在眼前上演的一幕,都紧紧地握住拳,露出了开怀的表情。还是小学生的小津与抱着足球的宇野对上视线,同时用力地点了点头。

欢呼声久久不歇,拳头始终高举。

C

"是干事长打来的吗？"秘书官问。大臣一边收起刚挂掉的手机，一边含糊作答。

干事长说的还是同一件事。"为成善业，您必须做出决断。虽然您的证言会伤害到一个人，但反过来想，只要一个人受伤害，事情就解决了。不然的话，你也不会太平。"

大臣无法做出判断，再次拖延着没有回复。

到达政府大楼，他们立刻穿过自动门，朝建筑物内部走去。在走廊尽头的墙边停下等电梯。

"你认为小津他们真的参与了赌球吗？"大臣忽然对秘书官抛出问题。

秘书官扫了一眼大臣，说："就像我刚才所说的，就情报来看是这样的。"

"如果不分析情报呢？你自己是怎么想的？"

秘书官沉默了一会儿。并不是因为生气，也没有动摇或困惑，他只是在认真地思考答案。

"我不是很了解小津选手他们，只是……"

"只是？"

"我知道大臣最近在害怕某些事。"

大臣的目光从电梯的楼层显示屏上收回，秘书官的表情并没有变化，他继续说道："我很担心。"

大臣感到出乎意料。"你在为我担心？"

秘书官不可思议地反问："您为什么要为这种事吃惊？"

"我在害怕。确实是这样。"大臣不打算虚张声势，"我父亲经常说：'懦弱是会传染的。'这好像是某位心理学家说过的话，很有说服力。懦弱与恐惧都是会传染的吧。一个人遇到挫折后，如果因为恐惧而蹲下的话，他身边的人就都会如此。连锁反应，最后谁都不再期待未来。我觉得父亲的小说或许都是黑暗的，虽然我没看过。"

"您都没看过您父亲的小说吗？"

"那种在家里都很磨蹭的男人写的小说，谁会想看？"

"他在家里很磨蹭吗？"

"好像还出过轨。"大臣揉了揉鼻子，露出了笑容，他想起父亲曾在病床上坦白出轨的事。当时他说反正都这样了，出轨的秘密不是该带去坟墓吗？父亲却反驳道"要和秘密生死与共"。"据父亲说，有一次出轨对象还打电话到家里。不过那时母亲碰巧看到地板上有只蟑螂，吓得逃到了二楼，接电话的是父亲，于是天下太平。他笑着说，那一次用光了他所有的运气。"

"真该感谢那只虫子呢。"

"不过父亲似乎立刻就把它砸烂了。"大臣耸了耸肩说。

"您刚才说的那句话……"过了一会儿,秘书官低声嘟囔。

"哪句?"

"懦弱会传染。"

"啊,那个嘛……"

"您父亲曾在作品中引用过。"

"看来他非常中意这句呢。因为他特别爱瞎操心,我也很理解他会对这句话产生共鸣。"

"不过,还有下文哦。"

"下文?"

"心理学家的这句话还有下文,他全都引用了。"

"下文吗?"

"'并且,勇气也会传染。'"

"啊?"

"'懦弱会传染,并且,勇气也会传染。'"秘书官说着扶了扶眼镜,"这是心理学家阿德勒说的哦。"

大臣的表情有些僵硬,他目不转睛地盯着秘书官,觉得在那张面无表情、像人皮面具般的脸上也感受到了笑意。

"是吗……"他应了一句。

"二十七年前,大臣救孩子时的勇气恐怕也传染给了别人。"

"你也相信这个吗?"大臣凝视着秘书官问,"相信那么幼稚的话。"

秘书官的表情依旧毫无变化。"怎么说呢……只是,如果这种堪称幼稚的想法,却成为实际生活中指导人们行为的心理准则,那再说它幼稚又有什么意义呢？"

大臣沉不住气了，目光游移到秘书官的右手，发现他的手指上有一个很大的手术疤痕。

"这个伤是？"

"这个吗？"秘书官看着自己的手指说道，"我小时候喜欢摆弄妈妈的缝纫机，结果把手指缝了起来。食指和中指连在一起，弄得家里鸡飞狗跳呢。"

大臣眨了眨眼，怔怔地盯着秘书官。接着，他退后一步，检查起秘书官的脖子后面。虽然稍微偏离了颈椎的位置，但确实有一道疤痕。秘书官用手摸着那道疤痕。

"该不会是叼着牙刷摔倒后，牙刷刺进去了吧？"

秘书官面无表情地指着自己的右眼，说："我小时候还因为打游戏过度，导致眼睛辨别颜色的机能出现异常。"

大臣越来越困惑，又问："我想问一件事。"

"什么？"

"你被吸到电视机里以后，是怎么回来的？"

"那次可麻烦了。"秘书官忍住笑说出这句话时，电梯发出到达楼层的轻微响声，门开了。

超人

1

他左手捧着叠起的外套从大楼的入口处走出去，人行道上全是人。每个人都仰头看着正上方，发出喧闹的声音，或左或右地移动着。他回过头，却见一顶白色的帽子从上方落下，他把它捡起。对于周遭的嘈杂他并不怎么感兴趣，他一边确认着这顶从天上落下来的帽子是谁的，一边一步、两步地往前走。是从上方掉下来的吧，于是他望向大楼的天台，却看到了直升飞机。高层建筑的天台上现出红白的机身，看起来像是钩在大楼边缘，明显很不稳定。是在机场着陆失败了吗？定睛细看，虽然只有豆粒大小，但能看到直升飞机的起落架上悬着一个人，感觉随时都会坠落。

这条铺着花岗岩的人行道位于单侧单车道的马路西侧。

拨开东跑西窜的人群，他加快了脚步。脚跟着地，体重转移到脚尖；脚跟抬起，与脚背接触的鞋舌向后弯曲，就像人的眼角皱纹会随着年龄增大而愈发明显一般，鞋舌表面的皱痕也渐渐加深。

脚尖从人行道上离开的同时，鞋上的两串流苏仿佛在拌嘴的双胞胎一般碰撞、交缠、一蹦一蹦地跃起。

好不容易找到一处公用电话，却不是亭式的，而是那种把电话放在独脚台上的简易型。很明显不能在这里变身。他从高级酒店门前走过,然后横穿马路,把聚集的围观人群甩在身后。喇叭声响,一辆黄色的车飞驰而过。他一边脱下身上的西装,一边奔跑着横穿马路,手指伸入领口,把领带结往外拽。领带松开后,他又将手探入白衬衫前侧纽扣与纽扣之间的缝隙,往左右拉扯。几颗纽扣崩落到地面,湛蓝色的衣服从衬衫里露了出来,胸前有个巨大的黄色倒三角记号,上面画着醒目的红色图案,像是字母S。

马路对面的建筑物出入口有一扇旋转门,他窜了进去,野蛮地推了一把,旋转门开始高速旋转,数秒间已转了二十圈。当门停止转动时,他身上的西装、白衬衫、领带都消失了。就好像猛地甩动湿漉漉的毛巾后,水分会被甩掉一般。

他的模样瞬间改变。

在推动旋转门、使之咕噜咕噜快速旋转时,他已经裹上了一件美丽的蓝色衣裳,触感如丝绸一般。突然从肩膀处出现的鲜红色大披风覆盖整个背部,长度约到膝盖窝。眼镜也不见了。

"喂,你这是怎么回事儿?!"就站在附近的卷发男人发出吃惊的声音,困惑地质问,"在大庭广众之下穿一身裹住全身的湛蓝色紧身服是要参加什么活动吗?"

"之后再解释。"他回答了一句,忽地双手举过头顶,脚朝地面一蹬。下一秒,他的身体已浮到了空中。红色的披风翻腾了一下,然后,裹着蓝色服装的身体如同脱弦之箭般飞起。他右臂前伸,双眼紧盯着前方,速度加快,肌肤与空气摩擦而感到发热。背景消失在身后,身体正下方是马路。

紧抓着直升机起落架的女子终于还是松了手,开始下坠。她的尖叫声在四周回响,下面看着的行人也发出恐惧与悲伤交织的叫声。

红色披风飞舞,他贴着大楼的墙壁逐渐加速。身体化作子弹,笔直向上飞。

女人在下坠。她的脸朝上,翻着白眼,似乎快要昏厥。双手摆出万岁的姿势,像在表现她的无助——只能往下坠落。

他摆出在下方迎接的姿态,再一次提高了速度。双臂前伸,身体上升。

他将双臂弯成钩状,摆出简易摇篮的样子,恰在此时撞上了女人。垂直向下的力量冲击着他的手臂。披风晃动,加大了空气阻力,稍微抵消了一些速度和冲力。如同打开了看不见的降落伞,他缓缓落到地面,那是优雅如芭蕾舞演员行礼般的完美着陆。

脚尖触碰到地面,红色披风垂下。就像交响乐演奏完毕,指挥已停下手上动作,但要在饱尝了感动的空歇后,观众们才爆发出惊喜的掌声。掌声淹没了人行道。

"得救了!""他飞了!""没事了!""他是谁?"

影像在这里暂停。鼓掌与欢呼声静止,飞在空中的超人也纹丝不动。操纵遥控器让画面暂停的三岛说:"拥有特殊力量的男人,就像这个超人一样?"

2

"和刚才看到的超人完全不一样。"与三岛面对面坐在沙发上的青年说。他歪着嘴,左右摇头,说:"我不会飞,而且,看,里面也没穿制服。"他拉开身上的西装,又解开白衬衫的几颗纽扣,把里面的衣服露给他看。是纯白的。

"那么,你能做什么?"

"我知道未来。"

即使是三岛,也因他一脸严肃说出的话而吓了一跳。三岛皱起眉,扭头看着坐在餐桌旁椅子上的我——我一直像注视比赛进程的裁判一样关注着两人之间的对话。喂,这个男人没问题吧?虽然三岛没有说出口,但那副求助的表情就像在说,该不会是什么不靠谱的占卜师吧?

这里是三岛家。

半个月前,因为一夜情,我落得和妻子分居的下场,而后每一天都在为住宿的地方伤脑筋。要么在公司里无谓地加班以拖延时间,要么在网吧过夜,或是去商务旅馆,并频繁拜访崇尚单身、住在二子玉川独幢公寓里的三岛。三岛是一位二十多岁出道的作家,成名后一直坚持写小说。对于只对实用书籍感兴趣的我来说,看不出他写的小说有什么价值,甚至不曾通读过一遍,但据说他的书在世间获得了很高的评价。每当与其他朋友提到三岛时,对方大都会表现出羡慕之情。

三岛很聪明,这一点我也承认。他目光敏锐,就像从上空搜寻猎物的猛禽。他阅读,从网上获取信息,有时甚至查阅用外语写成的论文,给人一种总在思索的印象。他思考的主题都很普通,并不离奇,比如"国家与个人的关系"、"教育对人类本性的影响的极限"、"女性发起性罢工的效果",等等,他总在反复思考诸如此类的问题。他并非想在什么报刊上发表观点,只是会偶尔上门拜访我,说"田中君,你能听听我的想法吗",然后开始论述。虽然我无法判断这算不算有益的活动,但三岛热爱思考是毋庸置疑的。

另一方面,他也有幼稚得令人震惊的地方。他痴迷有超级英雄登场的电影与漫画,会模仿他们的动作与出场时的打扮,并时常为此得意。之前有一次和他一起去温泉,他把头贴在与女浴室分隔的墙上,对我说:"超人就是这样透视的。"他很开心地说着:"就是这样,把光照到墙上,墙就透明了。"他还把耳朵紧贴在墙上,说:"他的听力也很厉害,能一字不漏地听到那边的声音。"我费了半天劲才阻止他继续听下去。他还打过电话给减肥食品的制造厂商,愤怒地说:"盒子上写着'这比您现在的做法更有效',可你们了解我在做什么吗!"

还有,如果他支持的足球队输了比赛,他就会明确地表现出不悦，还会生气地说："假球！我再也不看了！"我至今还记得二〇〇二年日韩世界杯上，日本队在宫城输给土耳其队时，他抓狂地大喊："都是因为不用红姜队的球员！"结果被强制拉离赛场。

刚才也是，从有线电视上看到东京红姜败于比赛终场前的点球后，他立刻拨打电话，大声怒吼："裁判的判罚明显可疑！"我不知道他打去了哪里。

大约十分钟前，这位自称本田的年轻人来到三岛家。按响对讲机后，他自称是安保公司的业务员，说话语气温文尔雅。"请您听一下说明就好，行吗？"他似乎是逐个上门拜访这一带的住户，推销针对小店和个人住宅的警备系统。若是平时，三岛必然会毫不理睬地把他赶走。然而刚才他却扫了我一眼，说："田中君，要不我们听一下业务员会说些什么吧？"简而言之，他是为了排解喜欢的球队因不公判罚而输球导致的闷气，打算捉弄业务员。我则没什么兴趣。

或许已经准备好了吃闭门羹，这位业务员在被请进家中后表现得过于兴奋。这是个年轻的男子，年龄看起来在二十五到三十岁之间。身材修长，溜肩，看着不怎么可靠，但黑框方镜片的眼镜与他很相衬，带有一番潇洒倜傥的风姿。

不知道他做了怎样的推理，总之他认定这家的主人是我而不是三岛，于是对我递出名片。"我叫本田，请多关照。"这大概，不，这一定是因为三岛一副吃闲饭的邋遢模样吧。

"不不，这里的主人是他哦。"我指着三岛。

没有一点大人样子的三岛孩子气地涨红了脸。"真不开心。"

他闹别扭地说,"你真失礼,怎么看也是我更有一家之主的气势吧。"

本田一脸狼狈,很是慌乱,赔罪的态度就像要下跪一般。

"也不用这样道歉啦。"三岛难得体贴了一次。

"我总会有这样的失误,自己都觉得讨厌了。"

"你看,三岛,都怪你,让一个还有未来的年轻人如此沮丧。"

三岛十分厌恶地皱起了眉,然后叹了口气,厉声道:"会产生错误,都是因为你拒绝改正。"

我和本田都不做声,不知道他突然在说些什么。"这是肯尼迪总统说过的话。"三岛继续说着,"入侵猪湾失败后说的。人都会犯错,无论多么了不起的人都会失败、会犯错。田中君,重要的是承认自己做得不对。而承认错误比什么都要困难。"

不要说我,大概连本田也觉得无聊。三岛有些生气了,他大声说:"进一步来说,是错误制造了历史。"

"要开始说历史的事了吗?"我苦笑,"他可是来讲警备系统的啊。"

"田中君,你知道诺贝尔的故事吗?"三岛自顾自地说。

"诺贝尔?诺贝尔奖的那个?"

"是的,诺贝尔还活着的时候,有人弄错了,在报纸上刊登了他去世的新闻。"

"这样吗?"本田探出身子,大概是想示好。

"怎么又说起死亡新闻了。"

"实际上是他哥哥去世了,记者弄错了,写成他去世的报道。

诺贝尔看到自己死亡的新闻而倍感震惊,但比死亡更令他惊愕的是,在那则新闻中,他被称为'死之商人'。"

因为发明了炸药而被称为"死之商人"的这段逸闻我也有所耳闻。"我觉得,不要说死者的坏话了吧……不过,那个时候他还没死?"

"然后啊,田中君,过了几年,诺贝尔在遗嘱里写了诺贝尔奖的事。"

"是那样的吗?"

"田中君,大概他对被称为'死之商人'的事非常生气吧,所以憋足了劲儿!开什么玩笑啊,让你们看看!"

"意思就是,'我设了个诺贝尔奖给你们,怎么样'?"我狐疑地问,"诺贝尔是这么适合玩摇滚的男人吗?唔,不过他的心情也不是不能理解。"

"究其根源,是记者的误报。可以说,如果没有误报,诺贝尔奖就不会被设立。"

"也说不定还是会设立。"

"田中君净是歪理啊。你能理解我的吧?"三岛瞄了一眼本田,"是错误制造了历史这样的观点。再比如,你知道第一次世界大战是怎么开始的吗?是因为奥地利皇太子被暗杀。实际上,还有五个人暗杀失败。"

"三岛,扯远了哦。"

"哼。"三岛哼了一声,明显不高兴了,"那么,就听一下商品的说明吧。"

* * *

从涉谷乘田园都市线到二子玉川下车，沿着蜿蜒细长的小路七拐八拐好几次后，会进入一片年代久远的住宅区，三岛的家就在这里。排成行的房屋与其说造型华丽，倒不如用坚固规整形容更合适。住宅区被高耸的围墙与气派的绿化丛围绕，的确，住在这里的人看起来会有引入警备系统的意识。换言之，我想说本田的贸然来访未必是无的放矢。然而三岛突然尖锐地指出："你看，这附近大多是有些年头的住宅了，对警备系统有兴趣的都已经装上了呢。"这么一说也确实如此。

本田挺了挺胸，说："正如您所言。"他像个战士般作答，"不过——虽然这么说有些不好，但每天都会传出令人不安的新闻，所以，以前对安保系统没兴趣的人，也有可能会在什么时候忽然感到害怕。"

"原来如此，就是说你们雇佣了一位名为恐怖和不安的业务员，发生抢劫杀人案的日子，就是赚钱的时刻。"

"是的，是这样。"面对三岛的讥讽，本田却诚实地应对，"为了守护大家的安全——"他摊开宣传手册，"我们公司会在诸多方面进行改造。"

"诸多，是多少？"

"比如，从玻璃窗开关感应及监控，到空气净化机，我们都参与经营。"

"空气净化机？"三岛愣了一下，然后点点头，"安保公司不仅能防范坏人的侵入，连不好的空气也能防范？"

"正是如此。"本田一脸认真地说,"而且最近,公司还就防止野猫随地大便研发了新系统。"

"野猫大便?"三岛颇有兴致地凑过脸。

似乎是在院子里装上超声波装置,能发出只有猫才能听到、并使其感到不适的超声波,以此赶走野猫。因为是通过红外线感知有猫来,所以在配置上还要考量感应死角。

"但若是老猫的话,听力会变差,就没效果了……"

"这也很有趣呢。"三岛对防猫装置表现出强烈的兴趣,他双眼闪着光,好几次插嘴。

我把泡好的咖啡摆到他们围着的矮桌上,三岛一脸认真地问我:"田中君,我家也弄个这种系统吧,你觉得呢?"

"不错啊。你是知名作家,确实可能会有令人不快的客人登门。"我开玩笑道。

"不,我说的是那个防野猫的系统。"

"那个……不需要吧?没见过有猫到你家的院子来。而且,你还常常想向猫借一臂之力呢,不是吗?[①]"

"田中君也爱说无聊的话啊。"三岛眼神冷淡,嗤笑着吐出一句,然后又絮絮叨叨地继续说道,"而且呢,猫和系统是个非常有意思的组合哦。动物没办法编入人类的系统,用系统是管理不了它们的。"

这时,本田的态度变了。他愣了一瞬后,看了看三岛,又

[①]原文为"猫の手も借りたい",日语中形容忙得焦头烂额,甚至想让猫来帮忙。

扫了一遍墙上的书架，似乎留意到有好几本三岛的著作。然后，他十分慌张地把包拉到身边，从中取出一本文库本，说："您是三岛老师吗？我一直很喜欢您的书。"我很吃惊，三岛的态度似乎也发生了变化。原本想捉弄业务员的坏心眼消失了，他端正了态度。

我则很不负责任地想，本田或许会以此为契机，进一步敦促签约，却马上从他口中听到了出乎意料的台词。"能和三岛老师在这样的场合见面或许是某种缘分，能请您和我聊聊吗？我有件烦心事，无法找人商量，原本已经自暴自弃到想随他去了。"他微低着头说道。三岛望向我，露出为难的表情。

"我读了三岛老师的那部作品，"本田提起三岛小说里的内容，"从最后的台词里获得了勇气。"

"啊……"三岛的表情有些无力。

"怎么了？一脸不高兴的。"我嘲弄他。

他却坦白道："因为曾有评论家取笑我以积极向上的台词作为小说结尾很幼稚。"

"很受打击吗？"

"不，只是觉得那位评论家光凭最后的台词就轻易否定我的作品很无趣。说什么，就像结尾明快的电影，又能改变什么呢？一般读者这样说就算了，连评论家都这样吗？"

简单来说三岛就是不服气，我没兴趣理会他。

然后，过了一会儿，本田说："实际上，我啊……该怎么说好呢，和普通人类有点不一样。"

"不普通？具体是指什么？"

"我有特殊的力量。"

本田像在痛苦地坦白自己的罪孽，那沉重的态度令我很在意。我开始思考该用怎样的语气与他对话，同时戒备着会不会在认真对待之后却反被他嘲笑。三岛似乎也在为如何回应而犯愁，他拿起手边的遥控器打开了电视，选择了一部我也很喜欢的老电影播放。屏幕上出现从宇宙来的超人，变身之后飞到空中，救下了从直升飞机上坠落的女人这一著名桥段。"特殊的力量……是指这样的吗？"

三岛这么问本田，而从后者口中冒出的却是这样的回答："我知道未来。"

由于三岛一脸困惑不发一语的表情，我只好站起身，也就是以脱离裁判的旁观者立场，催促他加以说明："是指能预知未来吗？"

青年的表情有些神经质，他转过脸，直勾勾地凝视着我。

"这个男人是田中君，算是我的助手。"三岛终于介绍了我。

待我再回过神来，会客用的玻璃矮桌上已经摆好了一排剪报，是本田从包里取出来摊开的。他一直随身带着吗？不会是新的诈骗方法吧！

报道的日期很分散——换句话说，纸张的褪色程度有着很大的区别。差不多有十张，而且报道的都是杀人事件和意外事故。我暗自想象，他是不是准备得意地宣称这些事件与意外他都事先预测到了。

三岛双臂交抱，一脸不悦。

3

秘书官坐在小酒馆的吧台旁，心神不宁地环视周围。

"冷静下来。"身旁的大臣说，"大家不会认得我的长相的，不会有人对才就任两个月的大臣有兴趣。要是做了许多许多坏事，或许会在电视及网络上公开长相，我还早得很呐。"

虽然已头发斑白，但眼镜和端正的五官还是透露出蒲柳之质的文学青年气息。仔细一看，这份从容中渗透了战胜人生苦难、历经磨练后的强韧。平静如湖，险峻如山。是因为孩子因病早逝？还是因为刚当上议员就被媒体蜂拥围绕的经历？大臣的处世态度既非睥睨世间，又与单纯地相信理想不同，而是更为灵活的方式。作为秘书官，跟在他身边虽然只有两个月，却已多次被其言行折服。

大臣抓起酒瓶，正要往自己的杯子里倒，秘书官忙道："怎么能让您斟酒。"

"你这样的态度才惹人注目哦。"大臣笑了，然后说，"以前，我父亲的出轨对象曾经把电话打到我家。"他说起往事，"我母亲刚好在家，接了电话，闹得不可收拾。"

"只是想想就觉得是很可怕的场面。"

"是啊,或许麻烦的是母亲碰巧在家。不过,我父亲倒是很坦然。"

"那可真是……"

"我就是在那个时候学到,如果从容不迫,事情就总会有办法解决。"

"或许是这样……"秘书官叽叽咕咕地说,"但是,大臣您是名人,随便来这种地方还是不太好。"

"我成为名人轰动一时的事已经过去快三十年了,我记得那会儿是三十岁,那就是二十七年前。那么久远的事,没人会挂在心上的。"

"事情并不是这样的。"

大臣的年纪比秘书官大了一轮,已年近六十,但与之面对面时,秘书官总觉得对方是一个比自己还小的飒爽青年。另外,看到大臣不论年龄、性别,对谁都表现得很照顾,想来年轻时与女演员和女公关的香艳传闻或许也并非虚构。"你呢,因为工作细致所以得到信任。最终活下来的,都是认真的人。你当秘书官也很久了,经验丰富,可以表现得更有信心些。"听到大臣这么说,虽然口气生硬,秘书官还是满心喜悦。

"为什么您会突然想来小酒馆?"明知此时掩藏自己的样子也没什么意义,秘书官却还是缩着脖子,尽量不让周围人看到脸。

"没什么啊,在这样的地方喝酒不是很开心吗?"

不知何时,一位蓄着胡须的年轻人在旁边坐下,开始和大臣套近乎。青年留着一头长发,看起来还不到二十五岁,一身休闲装。一开始,秘书官保持着警惕,怀疑这位可疑的接近者会不会认出了政治家,然后佯装醉客使其大意,引诱他说出什么不该说的话并录音;或是假装醉酒发起身体攻击——类似这样的间谍行动。秘书官理所当然地想着,于是站起身对那人说了句"喂",却被大臣制止了。

"没关系的,不过是喝着喝着就这样了。"大臣的声音很笃定。

"但是……"

最近数月,大臣身边很不太平却是事实。

他还是在野党时就酝酿的政策,在成为执政党后却被证明不过是纸上谈兵,还受到来自同一政党内部的压力。"一旦说过要干,就必须干到最后,不然会被在野党抓住机会。"大臣所处的立场岌岌可危。另外,由于他在电视新闻栏目中作出这样的发言——"政治家最不能舍弃的,是意气、尊严和体面",引来了各种各样的臆测。

但大臣一直泰然自若,连一丝精神上的疲惫都不曾流露。"你看看他,"哪怕是此刻,大臣的表情都很松懈,"他的眼神很镇定,如果我的观察正确,那应该不是演戏。如果是演戏,被骗到也没什么嘛。"他说得豁达,秘书官虽然不能接受他的话,但还是坐下了。

"喂,大叔,你听好了。"年轻人用肘部碰了碰大臣,顺势将脸凑了上去,"政治!我想说一下政治!大叔,你不看报纸也不上网吧?"

大臣忍住笑。

"听好，这个国家已经完了。"醉客说道，"试着把球抛到空中看看。往上，在某处迎来顶点后，就要下落了，对吧？社会的成长和经济的成长也一样，描绘出的都是抛物线。虽然看起来正稳稳地向前，但早晚会下落。资本主义什么的，不更是这样吗？生产商品，再卖给别人；找到别人想要的东西，然后卖掉；再想出更多别人想要的东西，卖掉。这种事是不可能永远持续下去的，想要的东西迟早会消失，研发新商品的点子会枯竭。那么，该怎么做？最直截了当的办法就是把大家所拥有的东西全部夺回、弄坏、毁掉。这样就必须重来一次啦。为了卖出电视机，首先要抢走对方已经有的电视机，是吧？战争啦、大恐慌啦、大灾害啦，如果不利用某种办法重置，让一切重来，这个国家就完了。这是物理定律上的无能为力。国家的经济会一路直线向上，在高空中飞行，永不下落。会这么想的才叫愚蠢透顶。原本应该是富裕的人放弃自己手上的东西，但人都是不愿意放弃财产的。"

并不是什么新鲜的观点，而且语调毫无抑扬顿挫，让人听着难受。秘书官有些腻烦，大臣却对那男人用力点头。"哦哦，原来如此，是这样吗？那可真是不得了啊。"就像在倾听儿子的牢骚。

年轻人继续说着。

"说起来呢，经济发达了，国家越来越富裕，那么离破灭也更近了。你看，以前是没有洗衣机什么的吧。洗衣服然后晒干，光干这些可能就要花上一整天。是吧，大叔？而现在，这些事情有洗衣机和烘干机来做。于是，对着衣服洗啊洗的时间就空出来了，很方便吧？如果每一天的生活都有了闲暇，那样的话，会变成怎样？你明白了吧，思考无谓事情的时间就多了。会去思考诸如'为什么生下来以后又必须去死'这种无论怎样思考都无能为力的事，于是人们开始追求自己的存在价值。然后会怎样？毫无疑问，会拿他人和自己比较。这么一来，紧接着就会增加自我表现欲啊、虚荣心啊、嫉妒心这样的东西了。想成为被人羡慕的人、想尽可能地从事光鲜亮丽的工作、不想做谁都能做的工作、想当出头鸟、想干掉出头鸟。如果看到优秀的人会想'啊，我也想那样，我也要加油'的话，这个世界还有可能成长，但普通人大都不会这样的吧。看到优秀的人，多半会想'快跌倒吧，跌倒就大快人心了'。竞争社会有两种类型，一种是大家一起努力、互相较劲的健康竞争。但多数并不是这样，而是把对方绊倒，自己轻松取胜这种消极的竞争。这样一来，自然而然地，大家都会因为害怕失误而畏手畏脚。

"冷笑社会！正是这样。每一个人都想站在可以俯视他人、分析他人、对他人冷笑的位置上。

"不努力的人想过即使不努力也能满足欲望的生活，于是引发混乱，做很多自私的事。他们视踏实工作为愚蠢的表现，事事想着先下手为强，从而走上歧途。

"政治家也是，只顾着国民支持率而缩手缩脚。如果只是去做一些会被国民夸奖'干得好'的事，那就不需要什么政治家了！是这样吧？政治家必须要做的，难道不是想办法推进普通人会反对的事吗？

"最近有电话打到我家,是报社发起的那种被称为民意调查的东西。我当然很认真,简直是过于较真地作了回答。但是,你想一想啊,收集我这种外行人的意见,然后刊登在报纸上,说'国民是这么想的',这种事有什么意义吗?假设做一个'你觉得民意调查有意义吗'的调查,然后多数人回答'没有意义'的话,媒体就会停止吗?应该不会吧。民意调查就是如此没意义的事。"

"早点离开吧。"秘书官向店员示意结账。

"推荐他去我党的智囊团吧。"大臣开玩笑道。

"喏,恐龙。"年轻人继续说道,"喏,恐龙社会不是据说持续了一亿年吗?大叔,是吧?昆虫也是。

"大概是因为那些家伙每天为了生存就要做许多事,没时间思考无谓的东西吧。我在想呀,霸王龙在看到其他霸王龙时,是不会浪费工夫想比它过得好、度过让其他霸王龙羡慕的一生这种事情的吧?所以才能持续繁荣不是吗?蟑螂在三亿年前就存在了,那可是跟洗衣机无缘的年代啊。

"经济繁荣啦、发达的文明啦,这些东西最终会缩短我们社会的寿命哦。洗衣机让人意识到了自我。大叔,你不这么认为吗?"

秘书官把脸凑到大臣耳旁低语:"差不多该回去了吧,明天一早有发布会。"

大臣点头后,转向年轻人道:"但是恐龙不能打游戏,也不能看电影哦,足球也享受不到,大概也不曾因为看到美女演员的裸体而兴奋吧。"

"唔,因为恐龙们一直都裸着。"年轻人说着,终于抵不住酒劲，往前趴倒了。

大臣笑了，然后看着秘书官正色道："说起来……"

秘书官像被美女盯着一般紧张。"什么事？"

"我能私下拜托你调查一件事吗？"

"什么事？"

"我想找一个人。"

"哪一位？"

"刚才，这个年轻人提到抛物线让我想起来了。二十七年前，我……"

大臣说到这里，秘书官已然了解。

"是被大臣救了一命的那个孩子吗？"

或许是因为不好意思，大臣的表情有些苦涩。"他现在在做什么呢？"

从店员手中收下找零，秘书官急忙从椅子上站起，走向店门。

背后传来醉醺醺的年轻人大声嚷嚷着的堪称放肆的梦话。

"因为恐龙不穿衣服，所以不用洗衣服！"年轻人叫嚣着，俨然是有了大发现的研究者。

4

我凝视着坐在沙发上的本田。三岛手托下巴,嗯嗯啊啊地看完摆好的剪报,说:"从你刚才说话的口气来看,你利用预知能力或是别的什么,提前预测到了这些事件和意外的发生,是这么一回事儿吗?"报道上登的都是些杀人事件和意外事故的新闻。

三岛肯定也和我一样不相信预知能力这种东西吧。坐在三岛身旁的我拿起剪报,又看了看印有保全公司抬头的名片,最后望向坐在面前的本田。

他正看着天花板,不,是头朝上仰,闭上了眼睛。这样子看起来有些怪,像是作好了某种准备。过了一会儿,他垂下肩,眼神笔直地射向三岛。

"您的想象虽然接近,却和实际有些不一样。或许可以说本质相同,但也可以说完全相反。"

"这是怎么回事儿呢,田中君?"三岛问我,或许是想把从眼前这位青年那里接收到的不寒而栗传达给我吧。

"实际上,"本田坦白道,"这些报道上记载的,全是我引发的事件。"

我和三岛瞬间哑然。房间里只有放在边桌上的钟发出的声音，那声音一点一点刺进心中，就像在催促我们思考。

突然，一直目光锐利地盯着本田看的三岛跳了起来。沉重的沙发虽没有因他的动作而整体移动，但还是稍稍往旁边倾斜了一点。可见这一惊吓之大，足以掀动沙发。

"别害怕，我不会不分对象地加害。"本田有些慌张，就像暴露了自己的老毛病似的唠叨。

"但是本田君，你……"三岛把倾斜的沙发扶正，看着报道说，"这些全部都是你干的吗？列车上的事故也是？"

"该不会是你从背后推了一把吧？"我的语气中带有些许逼供的意味。

本田闭上眼，像小孩在忍耐悲伤一般。

有好一阵子，我们苦恼着该作何反应。我想过是否该立刻拿起电话报警，把这个年轻人交给警察，却不敢保证自己是否完全理解了他所说的话，说不定那只是某种比喻或举例。

正这么想着，本田却说起了似乎与正题无关的话。"每个星期，我都会收到写有足球比赛结果的邮件。"

"比赛结果的邮件？"

本田开始解释那是怎样一种电子订阅邮件，我怀疑他是想避开话题，但他的表情却很认真。

特定的几场职业足球联赛一开赛，比赛结果速报就会发到本田的手机上。

"很久前注册的，一直没解约，就延续到现在了。"他说。

"为什么你不支持东京红姜队?"话题至此,三岛终于身体前倾地追问。

本田却只是有些抱歉地耸了耸肩。

通常,比赛结果的邮件里会记录对阵双方、胜负、得分和得分选手,还会大概描述比赛进程。"然后,在两年前,忽然写上了人名。"本田说道,"本来应该写着球队名字的地方却写上了不认识的男性的全名。之后是住址、日期,然后是数字,就只有这些。"

"是什么可疑的骚扰邮件吗?"我问。

"一开始我没多想,不过的确是这么认为的。"

5

　　本田毯夫确实没想太多。发信方的邮箱地址没有问题，标题也和平时一样——"×月×日 第×节比赛结果"而已。但在打开正文后，他就发现事情很奇怪，邮件中既没有球队名也没有比分，只有孤零零的一行字，写着人名、住所、日期，还有一堆数字。

　　这到底是怎么回事儿？本田毯夫有些错愕。他重新看了好几次邮件，不像是手机故障导致的，那么是发信方的失误吧，他单纯地这么想。只能扔到一旁了——如此推断之后，他想着或许之后会再收到道歉邮件，并没有放在心上。"请忘记上一封邮件的内容。"他甚至能想象出再次发来的邮件会这般轻描淡写。

　　翌日一早，他打开手机，再一次查看那封邮件，却只看到非常普通的比赛结果。

　　昨天晚上那个是什么？

　　他按着电话按键，却找不到写有人名的那封邮件。是看错了吗？因为疲劳而产生了幻觉？他扭了扭脖子。

　　同样的事情又在三星期后的同一天发生。

　　若将本田毯夫此后的感受与心情沿时间顺序写一本日记的

话——因为本田毬夫并没有写日记的习惯,所以只能虚构——就会像下文那样。

×月×日 早晨

看了看昨天收到的邮件,却变回了普通的邮件。我去询问当系统工程师的朋友,发送这样的邮件在技术上是否可行,即是否能开发出这种时间不同,内容会忽然大变样的邮件。打个比方的话,就像是前一天还是蛹,第二天就蜕变成了蝉。对方告知若是电脑上收到的邮件,或许能编入错误显示的程序来实现,但手机上的邮件就需要费很多劲。而从网上搜到的信息来看,似乎没有其他人经历过同样的事情,我就没再放在心上了。

×月×日

隔了两个星期又收到了无法解释的邮件。陌生的名字加上陌生的住址,两周后的一个日期以及数字。为了能够亲眼看到邮件内容是何时完成转变的,每隔一段时间我就会打开手机看一看,但一直到睡前,邮件的内容都没有变化。

×月×日

起床后,我打开手机看邮件,内容显示为足球的比分。它是什么时候变的?是被设置成"睡下、再起床"之后就会有变化吗?

×月×日

收到了无法解释的邮件,于是拿给恰好在身边的朋友看,却得到颇具冲击性的回答。"咦？二比一，千叶赢了啊。真好。可是，这个有什么奇怪的吗？"

×月×日

眼科检查没有问题，医生推荐我去一下精神科，但因为除了收到无法解释的邮件外，并无其他不便，还没到下定决心去接受治疗的地步。

然后是星期三，在本田毯夫去上班的路上。早上，常盘线逆行线的月台上和平时一样都是人。等候电车的人在大概会是车门的地方等间隔地排起队。前后左右都是互不相识的乘客，互相既不会打招呼，也不会点头致意，有点像站立在雪中的企鹅群。

广播提示列车即将到站。列车从右侧驶来，一边发出略刺耳的声音一边放慢了速度。透过列车窗口可以看到车里挤满了人，和平时一样，满员。车门打开，几乎没有乘客下车，企鹅们开始上车，一只只脚踏入满满当当的车厢。

车内挤满了人，本田毯夫夹在身穿西装的男人们之间。每当列车摇动，身体往一旁倾斜时，他都会失去平衡，歪向一边的乘客。那位乘客也会往一边靠去，整车人就像软绵绵的巨大果冻，变换着形状。也可以说大家都在互相帮助，让满员的列车成为尽可能舒适的场所。虽然态度冷漠、面无表情、心气不顺，却是在团队协作。

电车晃得厉害，乘客们微微倾斜，本田毯夫也调整着姿势。如果摇晃得再剧烈一些，乘客们大概会被捏合在一起，变成肉粘土吧。车厢左右侧窗前分别有一排能坐七个人的长凳,本田被挤到了座椅前面。坐着看报纸的乘客给人感觉非常优雅,但本田毯夫并不妒忌,他们一定是通过一番战斗与忍耐才得到这个位置的。

本田无意识地瞥了一眼摊在眼前的报纸,巨大的标题跃入眼帘。是山形县发生的一起交通事故的报道。司机酒驾,车子冲进正在屋外散步的幼儿园孩子的队列,还写到有五人死亡。

虽然本田并不感兴趣,但在摇晃的列车里也无事可做,所以如果有文字出现在视野内,有时候就会读一读。他就是在这样的状态下不知不觉间看完了那篇报道,坐着的男人竟然一直没翻报纸。

引发事件的凶手的名字触动了他,好像在哪里见过,却并不认识。又看了一会儿,本田开始回想。

啊!他突然发现报道里的姓名和自己的名字很像,而他对这个与自己的名字有些相似的姓名有印象。这不是前几天收到的可疑邮件里写的名字吗?接着,他又想到,邮件里记载的日期不就是事故发生日,也就是昨天吗?

正在本田搜索模糊记忆的时候,报纸被掀过,有事故报道的那一面消失了,换成一整页的彩票广告。

那天之后,本田毯夫每次收到无法解释的邮件后,都会记录下其中的内容。

×月×日
我看了报纸。发现大前天发生的一起跟踪事件的歹徒,就是记载在上周邮件里的那个人。我去了邮件里写的地址，那里被警察与媒体包围，无法接近。

本田毯夫开始思考。

那封无法解释的邮件里，写下的是否是日后会引发某起事件的凶手的名字、住址，还有事件发生的日期？这会不会是预言犯罪的邮件？

那么……

该怎么办？

6

听了本田的解释,我和三岛面面相觑。虽然有无数疑问,但又觉得每一个疑问都归结到同一点——该怎么处理眼前这个年轻人才好?我无法判断。

三岛的脑筋转得很快,在听本田说到这里的时候,他的大脑已经先行运转。他是推理出该如何把刚听到的预言邮件、杀人事件的报道,以及本田刚才的发言联系起来了吧。

"难道说,你相信了那个预言邮件,把将成为凶手的人杀掉了?"

因为我还没想到这一层,因此并没有立刻理解三岛话里的含义。

本田的脸抽了一下,又露出一丝满足。"正是如此,不愧是三岛老师。"他抬了抬下巴,像是要挤出些癫狂的气息,"我所杀害的,是如果放任不管,就会为一己私欲而杀人的人。"

我困惑了。脑中像是被灌了铅般思绪浑浊,相反,三岛却已经恢复了冷静。他皱着眉、绷着脸、瞪着本田,拿起手边的报纸。

"你有枪?"报纸上报道的新闻里,有好几个被害者是被枪击中的,"如果这些事件都是你干的,那你就开过枪。为什么你会有枪?你们公司还涉及枪支交易吗?作为防身用具?"

"是在最开始的时候碰巧得到的。"他说。

这个最开始到底是什么的最开始?我放不下心。

"我开始思考,我收到的邮件上写的,会不会是某个将引发某些事件——并且是会夺去他人性命的事件——的人的信息?只不过,虽说我这么想,却很难去相信。毕竟……"

"毕竟?"

"这不就成漫画了吗?"

"是啊。如果我把你刚才的话写进小说,肯定会被人笑话的。"三岛加重了语气,"而你现在正口若悬河地把漫画一般的故事讲给我听。"

"所以,我决定先到邮件里的地址去看看。"

他出发前往邮件里记载的地址,所幸是独门独户,他便以保全公司推销员的身份敲响了房门。

开门的是一个头发颇长的瘦削中年男人。平时推销的时候他会在对方尚未表现出不快时离开,那天他却执拗地扯着话题。或许是太过缠人,有那么一瞬间,男人脸上的怒火犹如岩浆爆发了一般,写满凶神恶煞,却又立刻收敛,摆出能乐面具般的表情,邀请本田进了屋。

"这样啊,那进屋吧。"

本田虽然诧异,却还是进了屋。这个家似乎是由著名房产商设计的,楼梯井及宽敞的走廊都给人气派的印象,起居室里的地毯踩起来也很舒服。正当他的本职营销魂隐隐作祟，就要将错就错地脱口说出"您的住宅如此高级，引入安全系统不是很好吗"时，黑洞洞的枪口突然出现在眼前，告诉他现在不是说这个的时候。且不说营销魂，摆在面前的，是真正攸关魂魄的问题。

是突然有强盗冲进来了吗？他首先想到的竟然是迟了一步装安全警备系统啊，然后突然想起握着枪的正是这间屋子的主人。他的鼻孔张得极大，死死握着枪，对准了本田。

本田说得绘声绘色，我们听着，仿佛身临其境。

"那个人就是想开枪打人，不管是谁都行。"

虽然具体经过不明，总之男人弄到了枪。入手之后就想使用，据说他为此苦闷不已。一开始是抓附近的猫，射击，然后在垃圾日扔掉。但很快，他就想把子弹射到人类的肚子上。欲望在逐步升级，跟资本主义的经济增长是相同的道理。一个欲望满足后，就会产生另一个欲望。男人做梦都在想象开枪射人的瞬间，于是决定把近期会来家中拜访的保险公司员工作为目标。他像盼望圣诞节一般扳着手指等待那一天，没想到保全公司的推销员先出现了，而且非常烦人，他决定变更计划。只要能得到圣诞礼物，就算不是圣诞老人送的也没关系。只要能开枪，射中谁都可以。

"那个时候我能活下来，真是凭运气。我为了不被射中而跟他搏斗，那个电影里不是经常演吗？扭打在一起的时候因为反弹力扣动了扳机，一开始我还以为是自己被射中了。我慢慢地站起身，小心翼翼地看了看肚子和肩膀，既没有出血，也没觉得痛。

站不起来的是那个男人。"

"简而言之，"三岛伸出食指指向本田，"你在那个时候第一次杀了人，还得到了枪。"

"虽然我并没想过会再用到，但还是带了回去。"

我和三岛又对视了一眼。我们两个在对待精神不稳定的少年方面都不太擅长，有些迷茫的感觉。

这时响起手机铃声，本田的手机发出短促的震动音。

"啊，正好是那个足球的订阅邮件发比赛结果过来了。"他看着邮件的内容，眼神就像正看着恶心的虫子。眼皮半开半闭，既像是在压抑情绪，不要过分激动，又似乎正聚焦于文字。他的眼珠从左移到右，然后又回到左边，往右滑动，是在读邮件的内容吧。期间他的眼睛忽然睁大，本田的脸色就在我们面前变得惨白。

"你没事吧？来，我看看。"我站起身，从他身后瞄着他手中的手机。

"不好意思，我有些震惊。"本田这么说着，依旧一脸失魂落魄。

"又是那个预知邮件吧？"三岛问。

"是的。"本田回答。他调整了一下呼吸，又咕哝了一句："我吃了一惊。"

"为什么吃惊？"

"我能借用一下卫生间吗？"本田说。那样子看起来既不像在说谎，也不像在拖延时间。三岛告诉他卫生间的位置后，本田便脚步踉跄着离开了房间。

于是，留在起居室里的我和三岛趁机整理思路，要制定作战计划的话就是现在了。

"田中君,刚才的邮件是怎样的内容?"

"就是十分普通的足球比赛结果。写着东京红姜队〇比一点球失利。是刚才的比赛吧?"

三岛有些苦涩地咂了咂舌:"但明显古怪。"

"是啊,本田君的反应相当古怪。"

"不是那个,不,那个也确实古怪啦。我想说的是刚才的点球,后卫仅仅是脚碰到了球而已,裁判的判罚很古怪。的确,前锋在最后时刻的连续过人非常精彩,令人大开眼界,虽然是敌人也值得钦佩。再多说一句,我希望他能加入我们红姜队。只是那样不能算点球。你不觉得前锋的表现很蹩脚吗?如果那样就能拿到点球,那么在车站楼梯边脱下高跟鞋的女人也能拿到点球了。"

"是啊。"我敷衍道。一旦跟自己偏爱的球队扯上关系,三岛就会冷静全无、热血过头,甚至有些烦人。

"田中君,到目前为止,你对本田君有什么看法?"

"我觉得他有点精神崩溃,可能是患有精神方面的疾病吧。"

"我倒不觉得他有什么异常呢。"

"我觉得生活在这个前景一片黑暗的社会里的人,谁都可能患有精神上的疾病。"

"确实,就算是你,也会因为和细君离婚而一蹶不振。"

这时,我脑中忽然闪过一个不祥的念头,感觉像被木槌忽然从完全出人意料的角度"咚"地砸了一下。本田的话很难让人立刻接受,因为拥有预知能力,便为了防止犯罪而犯罪。就算他这么说，听的人却不可能轻易接受。但、如果、万一、这些是事实的话，那么他此番造访，会不会并不是偶然，而是带有某种意图呢？我不禁这么怀疑。

也就是说，本田会不会是来杀我或者三岛的？

我感觉汗毛根根倒立，就像足球场内的草坪。

时钟指针转动的声音又在房间内响起，我感觉就像有个小人儿，无视重力，在房间各处飞来飞去，用指尖扒拉着地板、天花板，还有四周的墙壁。

"你怎么了，田中君？"三岛敏感地注意到了我的变化。

"呃，搞不好……"

"他今天来这里莫非也是要完成自己的使命？你是这么想的吗，田中君？"

三岛也想到了同样的事，这让我很吃惊，一时无法回答。

"如果是那样，或许是来杀你的呢，田中君。"

我呆呆地盯着友人。

"因为我并没有打算杀人，而你就说不定了。哇，你不会是想杀了正处于分居中的细君或出轨对象吧？可能被他看穿了。"

从卫生间传来水声，本田回来了。

7

在眼前飘然浮起的足球朝着站在前方右侧边线的他落下。比赛临近终了，或许正好赶上球员们放松的瞬间，每位球员都站定身子看着球的去向。球场如同美丽的高原，绿草茂密如绒毯，在场的每个人仿佛注视着从远处飞来的气球般，追随着足球缓缓降落的轨迹。

就在他用右脚停下球的同时，气球变回了足球，绿色的草原也瞬间变回球场。这里不是悠闲的草原，这里是竞技场。

控球的他的正前方有一名后卫，后卫冲了过来。他轻轻地用左脚挑起低低腾起的足球，球从后卫的头上越过。用力过猛的后卫朝前倒下，他乘机调整姿势，追上滚动的足球往前跑去。看台上的观众爆发出欢呼声，仿佛撕裂了空气。

又有后卫从中场追了过来。

他左脚勾到足球，用钉鞋外侧一拨，球往左侧弹去。后卫慌忙停下，跟着足球的方向移动身体，但就在这时，他又用力把球往右侧踢开，后卫被晃得失去平衡，跪倒在草坪上。

观众的兴奋之情化为波涛，掀动了看台。

很好。这么想的人，是裁判。

如果能进球,那么一切就都没问题了。他压抑着喜悦之情狂奔。

不知不觉间,他已带球到了禁区一角,直面门将。

第三个后卫从另一侧赶来,左脚前伸,扬起右臂滑了过来。他急忙用脚停下球,一个急停。看着后卫从身旁经过,就像列车呼啸而过一般。之后,虽然只有一点点时间,他却已带着球跑到中间,硬是挤出一块可以做出射门动作的空间。

就是现在,射门!裁判心想,就这么拿下吧。他看了看表,还有时间。

然而,他没能踢到球。对方的一名球员,就是最早被球越过头顶的那名后卫拼命地跑回来,冲着球铲了过去。球飞到一边,他倒在了草坪上。

为阻止神出鬼没地过了众人、一路突破至球门的他,那名后卫也是豁出了性命来了一记飞铲。虽然动作野蛮,但值得称道,在那电光火石的一瞬间,那名后卫没有碰到敌人的脚,只是干净利落地把球踢开了。

理想中的铲球。裁判瞪圆了眼,接着苦恼起来。该怎么做?他犹豫的时间很短。刚才那名铲球球员并没有犯规,但放眼世间,到处都是或大或小的冤案。判罚永远不会出错的裁判是神,而迄今为止的人生已经证明至少自己并不是神。他吹响哨子,伸出手,然后掏牌。观众席上爆发出响声,绿色草坪如蛇腹蜿蜒般波涛起伏。PK[①]。

[①] 点球

8

本田从卫生间回来后又坐到沙发上,叹了口气。"其实,我还是很混乱。"

混乱的是我们好吗?!我很想这么顶回去。

"那个,刚才的邮件,你看到的真的不是比赛结果之类的内容,而是所谓的预知信?"

"是的,写了人名和住址。"他回答后,念出了人名。似乎在哪里听到过类似的发音,不过也不是什么少见的名字,听过也不稀奇。然后,他又报出市内某处的地址及一个日期。

"那是未来歹徒的名字?"我问。

"日期是十年后,很遥远呐,田中君。"三岛捏了捏脖子,"这个名字就是加害者吗?十年后,这位会去杀人……真是很难就这么说出'原来是这么回事儿啊'这样的话呢。"

"像这样收到十年后的预告这还是第一次。一般都是一星期以后的事,最多也就是一个月。邮件的最后还有数字。看。"本田说着就要给我看手机,但我们所看到的,只能理解为足球比赛的结果。

"这个数字有什么意义吗？"

"平时都是一或者二，顶多到五。"

"现在呢？"

"一万。"

"差好几位呢。"

"这个数字有什么意义吗？"我又问了一遍。

三岛说："比方说，会不会是距离事件发生的天数之类的？"的确，如果是十年后的预言，就能解释为什么数字会这么大了。

"不是那样的。"本田没有看三岛也没有看我，而是望向了稍远的地方，"这……大概是受害者的数量。"

本田继续说明。

到今天为止，他都遵从预知邮件将事件提前处理，防患于未然。严格来说，是为了防止事件而引发了别的事件。但也并非每件都处理了，如果事件发生地离得很远，很难前往——虽然也有过乘新干线去盛冈、搭飞机去福冈这样的远征，可还是因为种种制约，不得不对好几起事件置之不理。每次碰到这样的事他都会祈祷不要出事，但所有的期待都落空了。

"也就是说，实际上确实有如邮件所写的事件发生。然后，通过调查那些事件，我最终得出了结论，邮件里的数字和被害者的人数一致。"本田企图说得淡然，就像对上司报告研究结果那样。但很快，他就把头埋在两手之间，拼命地压抑涌上的感情。"我总是……"他勉强发出声音，"总会抱着这样的念头，想着会不会就算我不行动，事件也不会发生。那些邮件全是骗人的，世界是和平的。如果能那样，我该有多解脱。我也想过，就算那些邮件是真的，但会不会除了我，还有其他人去阻止事件发生，就像业务员分片负责地区那样。"本田咬紧牙关，痛苦地吐出话语，他看起来十分疲惫。

我不知该对他说什么，只是反复张开嘴，再闭上，欲言又止。

"被害者是指……死者吗？"我又在意起细节来。

"大概是这样的。不过可能也包括受了重伤，之后去世的人。"

"如果数字表示被害者的数量，那么一万这个数字要怎么解释才好啊？"三岛双臂交抱，"一个凶手要一拳杀死一万人，这可是个大工程啊。该不会是在路边设置杀人魔界的伊能忠敬①吧？"

我不能理解为什么会在这里提到伊能忠敬，是觉得在完成走遍全国这一目标上有共同点吗？

"一万个被害者，这已经是战争的规模了。"我说，"我不觉得那个什么什么先生能引发战争呢。"

"也不是不能吧。"本田皱着眉，一脸泫然欲泣的表情，就像个迷路的孩子，"这个人是政治家。"他指向手机。

"啊？"三岛的脸僵住了。

我也屏住了呼吸，震惊得像侧腹刚被揍了一拳。

"你们对这个人的名字没有印象吗？他不久前刚就任大臣。"

我回想起刚才本田念出的名字。这么一说，的确好像有个同

---

①伊能忠敬（Inō Tadataka，1745—1818），第一个制作日本全图的人，他花了近二十年时间走遍日本，实地测量。

名的政治家。三岛看向我，抬了抬下巴："田中君，这可是位很有名的议员呢。"

不要什么事都来征得我的认同！我很想这样埋怨一句，此时却没心情为此发火。

"如果相信这封邮件上的话，"本田的手机——看起来是这样，但实际上是因为他握着手机的手正在发抖——哆哆嗦嗦地微微颤抖，他举起另一只手靠过去，却也在抖动。"十年后，这位政治家会做出导致一万人被害的可怕事情，是这个意思吧？"

"导致一万人被害的事？"我一下子想不到具体的可能，"比方说？"

"不知道。"本田又双手掩面，"三岛老师，我该怎么做好？"

"怎么做是指？"

从三岛的声音感受不到情绪，我看着他的侧脸。

"我必须对这个政治家做些什么吗？"本田是刻意避免使用会令人不安的骇人词汇吧，他拼命寻找着用词，一字一句地说着。

"没关系的，本田君。"三岛干脆地回答。或许旁人看来此时的他没有任何变化，但与他交往多年的我知道，他的态度已和刚才截然不同，变得不负责任了。他想快点儿结束谈话。"没必要慌张。如果那封邮件是真的，事情发生也要到十年后了。"

"一万人哦。不是应该慌张……"

"十年的话，情况会有变化吧。人心，还有政治的动向，都会忽左忽右。今天的执政党，明天可能就是在野党了。就像预测十年后某天的天气一样，是不可能现在确认的。"

即便如此，本田看起来还是无法释怀，心中仍有疙瘩。坐在沙发上的他脸色惨白。

"话说回来……"这时三岛换了副口吻。

本田似乎对他要说什么颇感兴趣吧，只见他抬起头。

"话说回来，莫非，你是为了这件事来我家的？"

"哪件事？"本田发愣问道。

"那个呀，预知邮件啦。莫非发给你的邮件里写了我们的事？不，不是我，是这位田中君，对吗？田中君呀，别看他这样，可是憎恨着跟他分居的细君呢。如果置之不理，他很有可能做出什么可怕的事情哦。"

"喂，三岛！"这个男人到底在说什么？！我开始怀疑起他的人品。

"这样吗？"是本田过于老实吗？他似乎把三岛的玩笑话当真了，一脸认真地看着我。

"什么是这样吗？虽然分居了，但我并没有恨她。本来出轨的就是我，若要恨，也是她恨我啊。"

"你知道有个词叫'恩将仇报'吗？"

"知道，但我可没做什么恩将仇报的事。而且要说知不知道这个词，三岛，你明明也知道。"我拼命解释，很怕如果不说清楚，本田就会立刻站起身，从不知什么地方掏出手枪，本着"消灭害虫"的精神把我杀掉。

"啊！"本田似乎总算理解了三岛要表达的意思。"没有那样的事。"他否认道，"怎么会、怎么会。我来这里真的只是完成推销工作而已。"

"真的?"三岛用恶作剧般的眼神望向本田。

"真的吗?"我也不放心地追问。

"真的。"

"唔,不过'是的,的确是那样,我是来杀田中先生的,因为田中先生是坏人',这种话你也没办法在这里说。"

本田的脸红了,他用力摇了摇头。

"你不要逗他了啊,三岛。"

"我没有逗他啊。我只是想知道真相啦,田中君。"

本田离开后,沙发上只剩下我和三岛两个人。我质问他:"为什么最后你对他失去兴趣了?"

"田中君,你也差不多该醒醒了。"三岛的说话方式就像在安慰吵闹的孩子,"那是'死亡地带'。"

"死亡地带?"

"是部电影哦。如果出现超能力和政治家,就必然是《死亡地带》[①]的套路。他大概也是受此影响才会编出那种故事的吧。"三岛说得斩钉截铁,"因为我发现一切都是他编出来的。"

"你喜欢那部电影吗?"我问。

三岛却露出相当厌恶的表情,干脆地回答:"我才没看过那种电影呢。"接着又感叹很早以前,他发表了一篇"拥有特殊能

---

① 《死亡地带》(*The Dead Zone*),大卫·柯南伯格导演的电影,改编自斯蒂芬·金的原著。

力的人与政治家对决的故事"时，被评论家揶揄"这不是《死亡地带》换汤不换药吗"，至今他仍对此事耿耿于怀。还说因为太不甘心，虽然还没看过，却知道大致剧情。

"就算是这样，把本田君的话和那部电影联系起来会不会有点武断？"我忍不住说道，"而且就因为这个中止和他的对话，或许会引发问题。"

"没关系的啦，田中君。"三岛很镇定，"就算他是超人——我已经确信他并不是——假设就算他真的是，一般人也没办法随便与大臣见面啊。"

"原来如此。"我表示理解。

"而且，万一发生大臣被袭击之类的事件，虽然无奈，但那时我们也只好向警察报告这个年轻人的事了。"三岛说完，这个话题也结束了。

三岛拿起遥控器，打开电视。然后又操控另一个遥控器，继续播放影片。

画面里的男人一边接受群众的拍手喝彩，一边将右手举向天，身子如子弹般笔直地飞过。他身着一身蓝色紧身衣，系着黄色腰带，胸前印着标志。

"田中君，说不定……"三岛盯着画面说，"他果然是超人的一种哦。虽然既不会飞，也无法反弹子弹，却一个人孜孜不倦地让坏事流产。"

"可是，足球比赛的结果和犯罪预告信息有什么关联呢？我完全无法理解。"我说。

"是这样的啦。那是已经超越人类智慧，属于电脑程式之间的沟通了。田中君估计理解不了，东京红姜队的胜利与其他各方面产生关联，最后导出了犯罪情报。一定存在这样的联系。"

"苦恼的超人啊。"我嘟囔着。

"是啊。"三岛说，"说不定他说预言邮件的故事，也是为了劝说让我们买入警备系统的权宜之计。"

"因为有可怕的杀人魔存在，所以请安装家庭防盗系统，这个意思？"

"是的，不安与恐惧才是最好的推销员哦。"

9

虽然早上的天气预报说近期会持续阴天,但还是能时不时看到蓝天。强风将遮蔽天空的云吹得七零八落,云层散开,躲起来的太阳探出头,阳光透过公寓四楼窗边的窗帘缝隙,照在正在起居室里睡觉的本田毯夫的脸上。本田毯夫的眼皮感受到射来的光,睁开了眼。他翻了个身,直起上半身,弯着膝盖,屁股坐在地板上左右张望。"妈妈。"他叫道,却没人回答。他看了一眼滚落在脚边的心爱的火车头玩具。

室内鸦雀无声,他喊了一声,却不像平时那样立刻就听到了妈妈的回应。本田毯夫站起身,睡眼惺忪,脚步蹒跚。他先往厨房走去,妈妈不在眼前时一般都会在那里。然而,没有动静,也没看到妈妈的身影。他又沿着通往玄关的走廊笔直走去,挺直了背,勉强能够到门把手。不安从胃直涌到胸中,当然,幼小的本田毯夫还无法认识到自己此时的感情是"不安",总之就是坐卧不宁的感觉向他袭来,就像一个黯淡的小球,中心部分在微微颤动一般。他又回到了起居室。"妈妈。"他又一次喊道。窗帘静静地摇晃,它温和地挡住了风,鼓起来一块。窗户开了一条缝,本本田毯夫注意到这一点,下意识地打开了窗。

平时,本田毯夫午饭后都能睡上两小时,所以他母亲时常会想,"要不要趁这个时间去做点事呢,比如买东西之类的",但每次又会自我克制,想到"如果出什么事就麻烦了,还是不要这样"。偏偏在这一天,她想起可以趁这个时间去一趟洗衣店。

把窗户打开一条缝则是因为考虑到高密度的住宅闷得慌,她想稍稍换下空气,让儿子睡得更舒服。

本田毯夫走到阳台上。和铺着地板的屋内不一样,他光着的脚丫感到一阵冰凉。阳台的一角堆着轮胎,两个叠在一起,放了两堆。那是冬季用的防滑轮胎,公寓一楼的车库放不下了。本田毯夫毫不犹豫地走到轮胎旁,开始攀爬。他两手搭在轮胎上,手臂一用力,就靠着肩膀和肘部的力量站了上去。于是他手抓阳台的栏杆,眺望着外面。

从四楼往下看,那景色并不会让他产生特别的感慨。遮蔽天空、外形不断变幻的白云在他看来也不过是个背景。不在家里,在外面——他的认识仅止于此。

本田毯夫只顾着寻找母亲的身影,他将头探出栏杆,向下张望。下面是人行道,他从正上方眺望着人行道。他注意到有小黑点在来来往往,发现那其实是人群后,他便更使劲地朝前倾,并张大了眼睛。这时,他看到人行道左边,有个捧着大袋子的女性,正小跑着朝公寓接近。

是妈妈,本田毯夫立刻就认出来了。虽然豆粒般大小的人影无法辨认长相,但那跑步的姿势、服装,更重要的是作为儿子的直觉，使他确信那就是妈妈。

"妈妈。"

喊出声的同时，本田毯夫的身体已越过栏杆，朝前方翻滚。身体因为头部的重量而倾斜，以栏杆为中心，迅速翻转。本田毯夫的身体遵从重力，从空中往下坠落。从离地距离来看，下落时间应该还不到两秒，本田毯夫却觉得经过了很长很长一段时间，他一直在下落。

发生了什么？逼近的地面又意味着什么？本田毯夫自然是无法理解的，他只是下意识地察觉到了危机。下落的速度非同寻常。他脑中的细胞被激活，开始为了活下去而思考。紧急警报响起，脑中的记忆库从一头打开。自诞生不过三年，别说防范高层坠落的对策了，他的脑瓜里连基本常识都很有限。此时浮现出的，是在车站看到过的飞驰的电车、动画片里的卡通人物、爸爸怒骂时的脸和妈妈的脸庞。"有任务要交给你。"从旁嗖嗖吹过的风在轻声细语，那番话虽渗入脑中，却又混入记忆消失不见。"事情是这样的。"他感觉到有什么人在对他说话。

坠落的途中，妈妈双手捂着脸的身影跃入眼帘。

身体好像撞到了什么——是什么人的胸膛。他晃着脖子，觉得眼睛鼓了起来，在眼眶里蹦来蹦去。

10

店内呈圆形，中央是一个圆形舞台，周围摆着圆形的桌子。舞台上的钢琴自动演奏出乐曲，真是富丽堂皇的一家店。

这家店有合作的警备系统吗？我为下意识寻找警备公司标签的自己感到好笑，这该称为职业病吗？

虽说是工作日的晚餐时间，但店里除了一名着装齐整挺括的男性侍者以外，看不到一个人。也就是说，此时此刻，店里只有两个人面前摆有菜品，就是坐在最里面那张餐桌旁的本田毯夫和大臣。

本田毯夫无法直视大臣的脸。虽然在电视和报纸上看到过无数次，但见到真人的感觉还是有些不一样。

这个人——本田毯夫忍不住想，完全没心思品尝刚端上来的前菜——如果没有这个人，自己也不会坐在这里吧。

"你为什么找我？"本田毯夫问。差不多五天前，就在他有幸拜访了尊敬的作家三岛的家，并收到写有十年后一起重大事件的加害者信息的邮件后，住在广岛的母亲突然打电话联络他，告诉他那位大臣似乎想见他，并给了他电话号码。"终于能和救命恩人见面了哦。"虽然之前一直和母亲处于近乎绝缘的状态，但突然接到她的电话并没有想象中那般不快，本田毯夫觉得很高兴。同时他感到困惑，没想到"和大臣接触"一事会真的发生，他甚至忍不住怀疑这是不是新型的诈骗。

但是，他立刻决定与大臣见面。

与大臣见面的机会恰在此时出现，他只能认为这并非巧合。

在三岛家收到邮件，看到那个姓名的时候，本田毯夫立刻就知道说的是那位大臣，那位在二十七年前接住从四楼跌落的自己的大臣。在明白了这一点后，他感到浑身汗毛倒竖。

我必须杀了那位大臣吗？

"我一直惦记着你。"大臣的嘴角露出温和的微笑，"对我来说，你那次的事件也是我人生中仅此一次的经历，不惦记是不可能的。竟然接住了从阳台坠落的小婴儿……"

本田毯夫点点头，拿起叉子把蔬菜送进嘴里，不过完全没看蔬菜的品种，也不知道是什么味道。

"我……"本田毯夫坦白道，"我经常看到大臣您。妈妈，还有爸爸，经常录下电视上的节目，还会剪下报纸上的报道。"

这是救你的恩人——双亲总是这么说。而母亲口中描述的"接住的瞬间"，随着岁月的流逝，愈发增添了几分戏剧效果，经过夸张和各种修正后，变得越来越像一场表演。

大臣有些不好意思地笑了，他低下头，面对着餐桌上的刀。本田毯夫凝视着刀尖，开始感到紧张。他有些焦躁，不知是否该立刻抓起那把刀刺向大臣。

"不，多亏了你，才有了现在的我。"

"我？"

"因为救了你，我的知名度增长到惊人的地步。当时我还只是个第一次当选的新人，所在的党派也渐渐失势。多亏了你，我才能继续当议员。而接住你只不过导致手臂骨折，这种事也太便宜了。"

"要说这个的话，那我才是如字面意思那样——多亏了大臣，我现在才能在这里。"

大臣眯起眼，看着盘子被端下，说道："最近，我忽然想见见你。"

"为什么？"

"没有什么特别的理由。就是碰巧，碰巧去了一家小酒馆，然后在那里灵光一现，想着差不多可以和你见面了。"

听到小酒馆，本田毯夫想起几天前读到的周刊杂志上的报道——大臣为了彰显亲民而前往小酒馆，但只有一位醉醺醺的年轻人来套近乎，而且看起来一点都不愉快。那篇报道如此揶揄，还配了一张似乎是碰巧在场的一个人偷偷拍的照片。根据身为目击者的拍照者所言："大臣醉醺醺地嚷嚷：'如果资本主义走上绝路，那就只有发动战争了。'"本田毯夫小心地把那篇报道看了一遍，始终无法忽略"战争"这个词。如果这位大臣会在十年后造成一场被害者多达一万人的事件，那么以这种规模，的确和"战争"相近。

本田毯夫望向放在一旁的包。

他早有准备,会在入口处被搜身,并检查他随身携带的物品,但事实并没有那样。当侍者提出"您可以寄存物品"时,他一口回绝了。

"大概有记者在什么地方看着呢。"本田毯夫环视没有人的店内,"把我们的见面写成讽刺好笑的报道。"

"如果是这样也没有办法,虽然对你很抱歉。不负责任、肆无忌惮地写作的人;人们去相信想要相信的东西;天很蓝,海很宽,政治家被拍砖;懦弱会传染,男人要出轨。"大臣有节奏地晃着脑袋,他笑着,不知有几分是出于真心,"但是没关系哦,真的没别人在。"

"会安装窃听器之类的吗?"本田毯夫真的有些担心。

"说不定店外有人把耳朵贴在墙上哦。"大臣开起了玩笑。

本田毯夫想象着有人蹲在墙外,朝这里偷窥的样子。

汤来了。容器里盛着绿色的汤,上面点缀着白色的奶油,形成一小片海湾。绿色的海洋变换着形状。

"前不久我看了一部卓别林的电影。"本田毯夫并不急于说什么,却还是没有条理地说了起来,"里面有这样一句台词:'每一个人都是好人,但组成群体就成了无脑的怪物'。"

脑中忽然浮现这样的画面——大臣挥动旗帜,人群响应着,大声呼喊着前进。是可怕的暴徒吗?还是要完成某种任务的团体?

本田毯夫强迫自己关注菜肴,握着叉子的手僵住了,另一只手悄悄靠近,像要把手指一根根扯下来似的,让手从叉子上松开。紧张使他的身体僵硬。

如果眼前的婴儿在未来会成为希特勒。

脑中浮现出这样的疑问。

而现在自己要面对的决断就与之相似。

你能夺走眼前这个看起来纯洁无暇、宛如天使的婴儿的性命吗？这样做正确吗？

自己相信邮件中的信息而杀了人，这么做又是否正确呢？自己也不过是个凶手。

"我觉得呢，"大臣嘟囔着，"如果这二十七年里，你想到我就想着'啊，我是被这种男人救了吗'，我会觉得很寂寞，所以我拼命地阻止这种事发生。"他像个孩子似的微笑着，"所以，我真的很感谢你。多亏你，我才能认认真真从事政治家的工作，这简直出乎意料。"

"出乎意料？"

"我现在有一个难题。"

"是关于健康方面的吗？"政治家面临的问题一般都是这个吧，本田毯夫轻松地想到。

就在这时，包里的手机开始震动。"把手伸进包里假装拿手机，然后突然把拿枪出来。"——本田毯夫的脑中掠过这样的声音。这不正是巨大的力量在向他发出"就是现在"的信号吗？

然而，本田毯夫还没下决心。他看了看手机，确认是公司打来的电话后叹了口气，说："我能接一下电话吗？"

"请，请接。"大臣回答，继续道，"因为没有别的客人，就在这里接也无妨哦。"

本田毯夫摇了摇头，站起身回答："可能会是些麻烦事，我去外面讲，不好意思。"他低下头，抓着手机，快步走向出口。

虽然他知道公司打来的电话多半是定期确认业务绩效，不会是什么麻烦事，但他想暂且去外面缓解一下紧张情绪。吹吹风，或许能理出思绪，他这么期待着。

跟站在出入口附近的女侍者打了个招呼，本田毯夫推开沉重的大门走到外面。清风拂面，这里虽然离繁华街区有些距离，却是个聚集了高级餐馆与酒店设施的高档场所。

对面是家老字号旅馆，古色古香的外墙让人能直接感觉到它的历史，即使在暗夜之中都洋溢着威严的气息。

他转向后方，身体靠着墙边，按下了通话键。

如他所料，这通公司打来的电话并没有什么重要的事，三言两语应付了之后通话便结束了。本田毯夫把手机塞到屁股口袋里，然后为了平静心绪，他准备转过身做个深呼吸，却在这时看到一群不认识的男人。

他们全都穿西装、打领带，却完全不像绅士。倒不如说这身抹杀个性的统一服装，是为了掩饰他们的野蛮气息。

本田毯夫的喉咙忽然被掐紧，眼看着就要不能呼吸。眼前一位身穿西装、留着中分头的男人正用力拧着自己的脖子。因为难受，他的大脑一片混乱，呼吸也乱了。就在这时，他感觉到腹部被什么东西抵住了，筒状的感触，是枪。枪口在不断加力，顶着自己，他感到一阵厌恶，就像被男性的生殖器顶着一般。

"大臣在里面吧？"男人中有人低声问，低沉的声音在潮湿幽暗的夜色中显得很清晰。

本田毯夫没能回答，因为他的喉咙被掐着，也因为他怀疑这群明显带着危险气息的男人找大臣的用意。既不会是友好的约谈，也不像是去发表正式的请愿。他们手上全都拿着武器，每个人都散发出杀气。受眼前的情形刺激，本田毯夫的心跳加快了。

"用这男人当肉盾，冲到里面去怎么样？"

团伙中有人——可能有好几个人——这么说。

"不要啊。"本田毯夫扭着身子。自己身为警备公司的业务人员却被突然造访的暴力摆布，感觉可以编成一句用来告诫人们不要疏忽大意的谚语。

后脑勺挨了一下。视野有一瞬变得明晃晃的，回过神时自己已是膝盖弯曲、四肢着地的姿势。然后有人在他背上踩了一脚，他当场就趴下了。

男人们筹划着先把本田毯夫狠揍一通，让他失去反抗的能力，待他变成一块抹布后再当肉盾。有人走近狼狈地趴倒在地的本田毯夫，一脚踹去。鞋尖踢到他的侧腹，他不由得发出呻吟。太痛苦了。本田毯夫的口中流出黏稠的唾液，使他无法呼吸。他呜咽着，感觉就要将胃里的东西都吐出来了，会把刚吃下的菜肴都吐出来吧。他紧闭着嘴，恐怖和难堪眼看着就要从姑且还能称为皮肤的皮肤中喷射而出。

他的脸贴在地上。睁开眼就能看到皮鞋，西装男中的一人就站在面前。

"接下来，就狠狠地踩这个男人的头吧。大概能弄断他一两颗门牙吧。大家一起上。"

男人这么说了一番，可以感受到他那嗜虐的喜悦。本田毯夫起了一身鸡皮疙瘩。如果牙齿和鼻子撞击到坚硬的地面，会相当痛吧。

"请住手。"他哀求着，但没人听进去。

"哈？你说什么？"

"请住手。"

"哈？好好说。"他们笑了。

风在某处呼呼作响。

眼前的皮鞋消失了。不只是皮鞋，本该站在那里的男人也突然飞去了什么地方，现场只剩下一片惨叫。

到底怎么了？正想着，又响起另一个男人"咦——"的声音。风再度吹来，同时又有人消失了。

因为趴着，本田毯夫看不见背后发生的事。

来自空中。伴随着撕裂空气的风声，长着一张大嘴的怪鸟在空中滑翔着，突然一个急转弯，鸟把西装男们一个个啄起、再抛开——他的脑中浮现出这样的画面。

呼吸渐渐平静。

包围自己的那些人的气息都不见了。

本田毯夫战战兢兢地站起来，侧腹部的痛楚撕心裂肺。他看看周围，哪儿都不见西装男们。

嗖——嗖——他听到像是空气被搅动的声音，于是左右张望，很快就发现声音来自对面旅馆的正面入口。设置在出入口的旋转门正高速旋转着，速度超乎寻常，像旋转的直升飞机螺旋桨。

到底是谁，能让门以这样的速度旋转？本田毯夫呆立着，立刻望向上方。黑漆漆的天空中没有云，一弯淡淡的月亮仿佛一根香蕉。

在作家三岛家看过的电影场景掠过脑中。精彩救下从直升飞机上跌落的女子，之后在空中飞翔的披风男。

这时他觉得耳边有动静，吓得他几乎发出了尖叫。旁边有人在，是忽然出现在那里的。红布飘飘，晃入眼帘，但他没能转过身去确认。因为如果看到了，就不得不承认他的存在，而再也无法回头。他心中存有这样的恐惧。

"你也在战斗吗？"就在身旁的男人问道，本田毯夫的眼角余光隐隐看到蓝色质地的衣服。

"啊？"

"我们可不轻松啊。"男人说道。

正当他为该如何回答而苦恼时，周遭的空气忽然变得轻松。他知道那个人影消失了。

他揉了揉眼。

望向上方，定睛寻找应该正在空中飒爽飞翔，渐渐离去的人影，想寻找蓝色紧身衣和红色披风，最终却遍寻不到。接着，本田毯夫的眼中怔怔地落下泪，他想感叹刚才那位蓝衣男子的洒脱和美好。

11

店内空荡荡的。摆在中央舞台上的高级黑色钢琴,宛如一只四脚的动物,守护着这个被包场的房间。本田毯夫揉着眼睛从入口处步入房间,走近坐在最里面的餐桌边、身穿西装的男人。是大臣,他温和地迎接本田毯夫的归来。

"公司没什么问题吧?"

"没问题。"本田毯夫听到了自己的声音。他知道自己双眼通红,便一边解释是有灰尘入眼,一边揉着眼皮。同时努力压抑适才被暴徒们袭击后的激动情绪。

"刚好,开始上荤菜了。"大臣指了指盘子。

本田毯夫把餐巾挂到胸前,这时餐桌上的手机发出短短的震动音,似乎是收到了邮件。本田毯夫致歉后,马上拿起手机。

他的表情变了。

"怎么了?"大臣优雅地喝了口汤,问道。

"没什么……"本田毯夫回答,然后重重地舒了口气。那是与叹息不同的,因为安心解脱而吐出的气。

"您能读一下这个吗?"他把手机递给大臣,"是足球比赛的结果。"

大臣用餐巾擦了擦嘴，然后读起邮件。"什么？！"他提高了音量，"竟然是假球。"

本田毯夫凝神偷窥邮件的内容，标题是"有关上一场比赛的无效声明"。

接着快速扫了一遍随之显示的正文。

上面写着："在足球联赛中执行判罚的几名正式裁判被查明参与了赌球活动。其中一名裁判承认在上一场东京红姜队的比赛中，在不正当情况下判罚给对方球队一次点球，商议决定，该场比赛无效。"这就是邮件的内容。

"啊……"本田毯夫发出呻吟，鼻孔随之鼓起，呼出不平稳的气息。"这算什么事啊？！"他喃喃自语。

"你不是刚看了邮件吗？"

"我看到的内容有些不一样。之前是误报吧。"

"和误报大概还是有些区别的吧。是黑哨和假球。"

"不，是误报。"本田毯夫的嘴角微微上扬，说道，"实际上，因为看了那样的误报，我还以为大臣您会在将来犯下重大的错误。"

"喂喂，是怎么回事儿？"

"但是，是误报。"本田毯夫浑身无力，几乎马上要从椅子上跌落。足球比分的变化，波及那封邮件里的可怕内容，事情就是这样的吧。"那封邮件中写着，关于大臣的事，是失误。"

"虽然依旧不是很明白……"大臣的声音听起来有几分担心，

"不过,你不要紧吧?"

本田毯夫的眼角缓缓渗出泪滴,但他自己并没有发现,而随后浮起的笑容挡住了泪。

"是解决了什么烦心事吗?"大臣关切地问。

"目前是这样的。"

是的,目前是这样。

将来的事还不明了。

本田毯夫的目光追随着侍从,看他完成一系列流畅的上菜动作后,说道:"不过,刚才那个,裁判很了不起呢。"他的声音很低,却能清晰地听到。

"了不起?哪个裁判?"

"假球的那个。"

"参与了假球还了不起?"

"东窗事发的契机不就是他承认违规吗?最近有人这么教导我:承认自己的错误比什么都困难。"

大臣凝视着本田毯夫。

"所谓错误,在你拒绝改正之前都不是错误。"

大臣沉默。过了一会儿,说:"是吗?或许也有事情是从承认错误开始的呢。"

"不是或许哦。可能已经有事情开始了。"

听着本田毯夫坚定的语气,我嘟囔了一句"好"。

同时我知道,房间里的大臣也说了一声"好"。

我的身体离开墙壁。接着,投影在墙上的餐厅景象——看起来就像被一个圆形放大镜围起来的空间——在迅速地缩小，原本还很清晰的屋里的声音也瞬间消失。"你趴在餐厅边做什么？"身后有人在对我说话，我转过身，看到一个身穿西装的男子。他的脸因为酒醉而通红，说话口齿不清，"是在随地小便吗？"

我没有回答，眼睛望向脚边，那里坐着一只黑褐色的猫，正发出天真的叫声。

我侧着头，双眼笔直看着上方，一片深邃的夜空。我将右臂向上举起，想象着自己浮了起来，浮在空中。就在此时，我的双脚离开了地面。

架设在餐厅外墙一角的监控摄像头捕捉到了男人忽然消失，随后腾飞到空中的瞬间。留下了身边的猫与醉汉。又过了一会儿，镜头中的猫也不见了。

密使 ———

我（青年）

起因是预约购买家庭游戏机。事先公布的是从当月十日开始接受预定，所以当天深夜我做好了万全的准备，在笔记本前严阵以待。大学生活开始已有半年，我已经习惯了独居，每天过着慵懒的日子，唯一的烦恼是"能不能成功预订到游戏机"。不得不说，这也是一种幸福。

因为不确定预订是从十号的几点开始，网上流传的说法是："十号全天，游戏机零售店的主页都接受预订。"于是我决定从十号零点前，也就是九号快结束的时候开始挑战，先下手为强嘛。

但那天约好了和短期大学的女孩子们一起出去喝酒，身负预订游戏机使命的我不得不在第一轮结束后就回家。社团的男干事阻止我道："三上，这就要回去了？还要去喝第二轮呢。明明你在高中体操部的故事那么受女孩子欢迎。"高中时，我企图含住自己的生殖器，后来在不断摸索中练会了后滚翻。这个故事——当然不是真的——已成酒局上"蠢事大公开"的固定节目。我撒谎说身体不舒服，道歉后离开了酒馆。"喂，三上，快把身体治好哟。"干事说着要和我握一次友谊之手，看起来像演戏一样。

我回握了他的手后，女孩子们不知怎的都笑了。大概是为了让她们高兴，我又与其他伙伴握了手。然后在大家的目送下，为了游戏机回了家。

电脑显示出目标网页，电脑旁早已放好了电子钟，我听着手机中的报时对好了时间。我要在恰好零点时——确切地说是在那之前几秒——刷新网页，如果出现预订按键，就立刻办理申请。作为预先练习，我无数次地摆弄鼠标，用键盘迅速敲出自己的名字与住址，又想着是否该索性先打好，之后复制。

终于快到零点了。虽然觉得为这种事而心情激动的自己有点可耻，却还是双眼紧盯着电脑。我看着电子钟，开始读秒。再过一秒，就是第二天，十号了。这一瞬间，我气势如虹地敲下了键盘。

画面没有动。

在这么关键的时刻出错了吗？不，是因为全国上下有无数人正在浏览这个网页，所以服务器有压力了。是这样的吗？

那一刻，我并不理解真正发生了什么。

发现电子钟停在"23∶59"时，我"咦"了一下。

连钟都停了吗？我很吃惊。望向墙上挂着的钟，同样也停在了零点前。接着打开电视试试吧。然而，就在我找到遥控器，刚拿到手时，电子钟的指针走过了零点，电脑屏幕也顺利显示出网页。墙上的时钟也动了。最终我的预订之战告负。在这个世界上，存在着以秒为单位刷新网页并自动下单的免费软件，而我竟然连这种事都不知道。

我

"它会变成这样。"听到面前的青木丰测量技师长这么说,我想到了减肥商品的广告。把有赘肉的腹部的照片与结实小蛮腰的照片摆在一起,这是经常见到的手法。"这个会变成这样",广告里总会这么说明,仿佛是在无声地宣告"当然是瘦的这边比较好"。青木丰测量技师长一定也是同样的心情——"这边比较好呢"。

前几天看到的减肥商品宣传单上是这样写的:"有如此特别的方法,比您了解的其他方法都更有效、更实惠。"

时间回到二十分钟前,他刚开始说明。

在如同骰子内部般的白色单人房间里,我和他面对面。这个男人——青木丰测量技师长——五十多岁,白发不多,发型是整齐的三七开,再加上他总是身穿西装,很难让人想到他是从事研究工作的人。不过,既然是有一定权限的管理者,就一定有许多管理工作,那么,会有这样的气质也没什么不对吧。我得出一个自己可以接受的解释。

"我想您应该听说过时间悖论的事。"首先他这么说道。面对比他小将近二十岁的我,他依旧言辞有礼,语气甚至有些敬重。我坐在真皮的豪华椅子上,靠垫也很舒服。

"啊,我听说过。"我回答,"就是如果时间旅行回到过去,把生产前的母亲杀掉的话,会怎样,对吧?母亲死了,自己就不会诞生。咦,那么在这里的自己会如何?就是这样的矛盾吧?"

"是的、是的,您很了解呢。"他说。

能被表扬果然还是会心情愉快。

"那您知道,为了不产生这样的矛盾,应该怎么办吗?"他又追问道。

"我以前看过的电影里,会设定成就算时间旅行回到过去,也不能做出会产生矛盾的行为。比如无法杀害自己的母亲。"

"是的。但我现在觉得,实际上并非如此。"相对于最近学说的解释,他的说明感觉更加个人,像在说他自身信奉的信仰一般,"打个比方,我和您现在所处的世界是A,然后假设您时间旅行回到了过去。"

"是打比方吗?"

"然后,就假设您要防止您的恋人遇到意外吧。"

"呃,"我低头苦笑,"可我没有恋人。"

青木丰测量技师长的表情毫无变化。"我知道。"他说道,"是假设。"他加重语气,"假设您有过一个恋人。一个既美丽,性格又好的恋人,但在距今十年之前因为交通事故去世。就把这个A世界设定成这样吧。"

"原来如此。所以我才要回到过去,将车祸防患于未然。"我理解了故事背景。

"这样一来会如何？新的世界会产生矛盾吧。"

"新的世界？"

"您回到过去拯救了恋人——就把您恋人活着的世界叫做 A'吧——您回到过去救了恋人，那之后的世界是 A'。"

"那我的状况会怎样？"

"或许有点混乱，简单说，就是在那个世界、那个时间点上会有两个您存在。有一个是从 A 世界回去救恋人的您，另一个是本来就在 A'里生活、并且比您年轻十岁的您。"

"顺便问一句，如果我又一次时间旅行，回到'现在'，那么我所回到的世界是？"

"是 A。再怎么说您也是从 A 世界出发的人，如果要回去那也是回到 A 世界。您的恋人还是死的。"

我忍不住歪了歪头。"我回到过去，进行了一番行动后，诞生了 A'世界。这样的说法可以吗？"

"和这个又不太一样。原本就有分歧点，A'是在那个时间点的分支。"

"在我回到过去之前就有分支了？"

"如果把时间想成从过去到未来这样直线前进的话会很混乱。并不是这样的，应该这么想：过去、现在和未来是同时存在的。比方说，国道上有各种各样的岔路口、交叉点。您可以转着方向盘，选择自己喜欢的地方驶入别的路。但那并不表示您打着方向盘、踩着离合器，就造出了岔路口。岔路口是原本就设置好的。"

"在哪里？分歧点设置在哪里？"我忍不住——虽然我知道根本看不到——看看自己的周围，想着这里、那里会不会树着标明分歧点的旗帜，"那么，比如我此时挠挠脸或者不挠脸，也会造成世界的分歧？"

"在我们已知的范围里，人的举止或者很小的动作并不会成为分歧点。如果是那样的话，世界上就到处是分歧点了。就好像一个程序，充斥着 if、switch、else，以及 case 这样的判断语句。话虽这么说，但实际上，我们还不是很明白到底什么样的事件会让世界产生分歧。我们知道世界存在分歧，也能把握是怎样的分歧，但并不明白其中的规律。请回想一下费曼①的名言，'物理学家们是国际象棋比赛的观众，他们不知道弈棋的规则，只能观看比赛，并试图找出其中的规律'。我们观测世界中发生的现象，并想找到其中的规律，因为谁都没有规则手册。"

我目不转睛地盯着青木丰测量技师长。

他毫不介意地继续说着："我想您或许也知道，世界是以 A、A'、A"复数存在的想法，本来也是从微观世界量子论中得来的。"

"我不知道。"

"电子呈波形时，在那里的同时也在这里，这是它的状态。但在我们观测到的那一瞬间，它停止在一个地方，成为一个颗粒。关于这个，您是知道的吧？"

我不禁感到像被怀疑不懂一般常识般的屈辱。"以前或许知

---

①理查德·费曼（Richard Feynman, 1918-1988），美国物理学家，提出了费曼图、费曼规则和重整化的计算方法，获一九六五年的诺贝尔物理奖。

道。"我含糊其辞,"但现在我不知道。"

"在微观世界里,这样的事是成立的。而在我们的世界里,电子只存在于固定的某一处。同时它也存在于另一个世界固定的某一处。在我们观测到之前,电子并不只存在于我们的世界,还存在于另一个世界。理论上是这么解释的。不过,唔,简而言之,你理解成平行世界就可以了。"

"平行世界我是知道的。"总算到我至少有所了解的范畴了,我松了口气。虽然就算说什么平行世界,我所知道的也不过是电影和漫画里的内容。

"时间上存在着各种各样的分歧点,从分歧点会分出好几个世界分支。到这里能理解吗?不过最重要的,是接下来我要说的。"

"接下来是什么?"我想做笔记了。

"现在在这里的您,最多也只是在世界 A 里的您,并不存在于 A'。就是这一点。"

虽然不是很懂,我还是点了点头。

我（青年）

一个星期后，我又一次起了疑心。因为教经济学的老师忽然休息，我和差不多十个朋友决定去户外草地踢足球。从教学大楼后门出去没走多远就到了河滩，再弄到球，就可以踢足球了。我们五五对阵，在场地上跑来跑去，最终以平局结束了比赛。久违的运动使得大家都气喘吁吁的，有好一阵没办法好好说话。呼吸恢复正常后，我们互相握了握手，这举动有一半是开玩笑，另一半却是因为真的有了同伴意识。我们彼此笑着说："真是一场精彩的比赛啊。"

问题出在那一晚，还是零点。我正在看借来的DVD，讲述的是一个专偷人钱包的扒手被危险的黑恶势力盯上，要利用他的技术做坏事的故事。原本应该一边看着后半段的枪战一边迎来新的一天，但画面突然在中途静止了。我扫兴地以为是DVD出错了，折腾起遥控器。

然后我望向墙上的钟。并没有什么特别的理由，只是匆匆一瞥，却发现秒针停在零点之前，也就是五十九秒的位置。我觉得这个情景似乎在哪里见过，然后便想到之前预订游戏机的事。

我立刻陷入思考：

接近零点时，所有电子机器，包括靠电池运作的钟都会变得不正常吗？

翌日，我跟朋友们提及这件事——那个时候我完全不觉得有必要隐瞒——他们只是表示有些许兴趣，也就是"就这个话题热议大约三十分钟"这种程度的兴趣。有的说是灵异现象，有的说是电磁波，还有人说最近的电器都很容易坏。经过一番热闹的讨论，却没有得出任何能称为结论的东西。唯一比较现实的方案也只是"今晚再看同一张DVD吧"这样的建议而已。

他们说虽然连续两个晚上看同一部电影会无聊，但可能会发生同样的事。

晚上，老实又空闲的我真的看了同一张DVD。意外的是，哪怕连续两晚观看，这都是一部让人觉得享受的电影。不过，前一晚那样的事并没有发生。

我并没有因此而失望，也不觉得是白费力气。只是想，大概还是机器状况不好吧。

此后，到我能掌握这个现象，或者说掌握其中的规律，差不多又花了一年的时间。然而，虽然我在这一年里掌握了这个现象，却没胆量把这一年的经历都叙述一遍。

所以，我就一口气讲结论吧。

线索在刚才讲过的两个事例中都已出现。我在零点经历了奇妙体验的那两天有一个共通点，就在刚才的两个事例里。

是的，是握手。

只有在我与他人握手的日子里,"那个"才会发生。

"那个"是什么呢?

留意到这个现象后我开始投入热情去研究,在通过实验不断摸索的过程中,我首先想到的是——"莫非时间停止了?"从某种角度来讲,这是正解,不过还是有那么一点不准确。

比如,有人说感冒是万病之源,你不能否认,因为超过一半的疾病,初期症状都和感冒很相似。因此,"虽说只是感冒的症状,但不知道会发展成什么病,所以要当心哦。"——这样的提醒无疑是正确的。可又不能解释为"不管什么疾病,都是因为感冒缠绵不绝导致的"。感冒是万病之源是对的,但准确来说,它又是不对的。虽然掌握了表现方式上的规律,结论却是不正确的。

所以,从这个意义上来说,我那个"时间停止了"的推论,也是不正确的。

我只是在这一天结束的时候使用所存下的时间而已。

用白天捡到的零钱买果汁——和这个感觉比较接近。在零点以前用完一天的积蓄。

那么,时间是从哪里攒下来的呢?

就跟捡到的零钱是他人之物一样,我所得到的"时间"也是他人之物。我就像与人接触时顺走钱包的扒手一样,每天从别人那里抢六秒的时间。而握手,则能让"扒窃"变得冠冕堂皇。

我

　　青木丰测量技师长看起来既不兴奋，也没什么疲态，他继续着话题。我则几乎要以为他不是人类，而是具备解说机能的人造机器人了。

　　"比如说，假设现在，这个世界 A 将要发生可怕的事情。"

　　"比如……"我想着该举出什么例子，"比如，抗生素无效的可怕抗药菌开始蔓延之类的？"

　　青木丰测量技师长深深地点了点头，说："了不起的想象力。"

　　我有些不好意思，难道是这主意太老套而被挖苦了？

　　"就假设为了阻止这种抗药菌蔓延，您回到了过去吧。"

　　"我吗？"

　　"然后，在某个时刻、某个地方，您发挥出某种影响力，改变了历史。"

　　虽然"某种影响力"这种模棱两可的说法差点让我发笑，但我还是回答："好。"

　　"您改变了世界，抗药菌不会出现了，世界一片和平。唔，和平啦、幸福啦有点假，但至少抗药菌不会蔓延了。"

"所以该说可喜可贺、可喜可贺吗？"

"但是——请好好想想。如果，没有抗药菌蔓延的世界并不是 A，而是分支上的世界 A'，那会怎么样？身在世界 A 的您还是没能从危机中逃脱，不过是确认了 A' 的存在而已。"

"也就是说，世界 A 里依旧有抗药菌蔓延吗？"

"是的。您要做的，并不是去分支世界，而是要防止抗药菌在自己生活的世界 A 里蔓延，为了拯救身在这里的自己。"

我理解他想说的了。原来如此，或许真是这样的呢——我很想接受他所说的，但我却说："只是，这种事情，有可能吗？如果过去发生了变化，那不就是让世界走上分支了吗？"

"如果能把矛盾控制在最小限度的话，是有可能的。就像我一开始告诉您的那样，为了不发生时间悖论而有了平行世界这样的观点。但如果反向思考，只要不发生时间悖论，就能既维持现在的世界又改变历史。你不这么认为吗？"

我的眉头拧得更紧了。"我不是很懂……"我战战兢兢地说，"不过呢，如果回到过去，把'抗药菌蔓延的世界'变成'没有抗药菌蔓延的世界'，这不正是巨大的矛盾吗？"

"并不矛盾啊。只是单纯的变化而已，逻辑上并没有崩坏。"

他说得那么肯定，我都不知道该作何反应。"分歧"和"单纯的变化"，分界线到底在哪里？

青木丰测量技师长似乎察觉到了我的疑问。"当然，贸然制造很大的变化是毫无意义的。"他像是补充说明似的继续说道，"比方说，如果在发车前给开往新潟的新干线施加'去盛冈'的力量，那么毫无疑问，事情就会变成'请乘坐别的新干线，利用别的线路吧'。也就是说，促使世界进入了分支，奔跑在另一条线路上。但如果不这么做，而是渐渐改变应该驶往新潟的新干线轨道，就可以不露痕迹地让车子转弯，朝着盛冈的方向前进。这样一来，世界就还是 A，却能到达目的地——盛冈。"

我觉得自己正在渐渐接受这谆谆教诲。

"但是，这样的事真能做到吗？从过去到未来，一点一点地，让时间的流动发生变化。"

"和多米诺一样。只要有一点变化，多米诺骨牌就会接二连三地倒下，最终到达终点。"

"那个是要计算的吗？通过模拟演算？"

青木丰测量技师长缓缓地抬起下巴，迅速地看了一圈平整的墙壁。"这里就是用来计算那个的地方。"

在千叶县市川市的一处物流仓库，可以看到主题公园里的游乐设施，地下，就是我现在身处的地方。走进一栋约三层楼高的白色建筑，里面有一架电梯。大概在几十分钟前，我乘着电梯来到了地下。打开门，站着两名警卫员。被白色墙壁围绕的小小候梯厅里，只连着一条路，通往前方，我立刻明白那里面就是设施的内部。安检过程十分麻烦，携带的物品都要让警卫员拿着金属探测器检查一遍，接着是门卡认证、密码认证、指纹认证，以及声音认证。

"如果没通过检查会怎么样？"那时，我纯粹出于兴趣问他。

"通往前方通路的门会关上，后面的电梯门也无法打开。你就会被关在这里。然后,墙上的喷射口会喷出瓦斯。不一会儿,身体就会麻痹,无法动弹。"

"那么,这里的警卫员们不是也会被麻痹得无法动弹吗?"

"他们会事先服用解毒剂。"

听到如此蹊跷的说明,我不由得心生警惕,怀疑这是不是真的。但既然是他说的,那么就应该是真的吧。

"以前有一个送快递的,一不留神跑来了这里,就被瓦斯毒倒了。"青木丰测量技师长在笑,我却不知道该不该为这个故事笑。

"快递员会到这里来吗?"

"因为这上面就是某购物网站的仓库啊。"我也不知道这能不能算解释,"什么东西都能当日送到,很方便哦。但只能到这个厅为止。"

完成安全检查后,我们朝着打开的自动门前方走去。这是一条长长的通道,又白又长,宽度刚好够两个人并肩而行。打开最里面的那扇门,就来到了我现在所在的房间。

"这个设施很大吗?"我问。

"以市川市为中心,一直连到船桥市,还有江户川区的荒川附近。全在地下。"

"那么大。"我完全没想到地下会有如此庞大的设施,也想象不出来,"设施里有什么?有好几个这样的房间吗?"

"基本上都是电脑。用来计算的。然后就是满满当当的测量技师了。"

我没有问测量技师的具体人数,一定是个耸人听闻的数字吧。

"在这里计算时间的流动和分歧吗?"然后对话就从那个比喻开始了。连我都察觉到,时间悖论与时间旅行者的话题,和这个设施的真相有着密不可分的关系。

青木丰测量技师长又点了点头。我发现他是个很少眨眼的人。

"是的。用来掌握各种分歧,判明世界 A、世界 A',还有 A"。"

"这种事,有可能吗?"

"蚂蚁的费洛蒙。"

青木丰测量技师长忽然吐出这样一个词,我不由一个趔趄。

我（青年）

真正的扒手，在发现偷来的钱包里有巨款时，会毫不掩饰内心的兴高采烈，并从中抽掉几张纸币吧？但我可不是这样。不管对象是谁，都只能得到固定的量。不，这么说不准确，应该说，无论握多少次手，我都只能从一个人那里借来六秒。

虽然我通过摸索与实验掌握了这个现象——"时间扒手"理论，但刚开始的时候，我以为的规律是——"如果跟人握手，时间就会停止"。我只捕捉到了现象，却没能得到真相。接着，我认为——"握手的人数和停止的时间成正比"。而且在这个时候，我还没想过这是"从他人那里抢走时间"。"和我握手的人会在当日零点前失去一部分时间，而他所失去的那部分时间，会变成我的东西。也就是说，我顺走了时间。"最终得出这个结论时，我已经开始对这项私人研究腻烦了。

当时，我正和同年级的同学们在小酒馆里胡闹。偶尔看表发现快接近零点了，这时我忽然冒出一个念头，于是趁着酒劲，毫无条理地说了一通，并刻意摆出一副一喝多就爱向人致谢的醉态，咕哝着"感谢大家、感谢、感谢"，和在场十人中的七人握了手。

当时我已经知道，每和一个人握手，时间就会停止六秒左右，当下我心算了一下，应该能获得四十二秒。

我不时看着手表，等待即将到来的零点。虽然四十二秒里能做的事情有限，但吃掉眼前朋友放在小碟子里的油炸物还是可以的。

和预想的一样，周围朋友们的动作都停下了。很好！正当我要动筷子时，刚从卫生间回来的朋友揉了揉脸，说："咦，大家怎么了？"

为什么他的时间没有停止？我感到吃惊。而我会吃惊，是因为本来对自己发现的规律很有信心。

"咦？"朋友发出不安的声音，接着，他的动作也停下了。

我连忙数秒。差不多到四十二秒的时候，大家又都恢复了。

思考了几天后，我得出了结论。也就是说，和我握手的对象会在零点到来之前，有六秒无法动弹。至此，我终于理解，并不是"每一次握手都能让时间停止六秒"，而是"一次握手能从对方那里得到六秒"。从卫生间回来的那个朋友还能自由行动并不是出现了意外，而是因为他没和我握手，所以他的时间没有减少。

"原来如此。"我在接受了这一点的同时又感到很紧张，"这么一来，就不能贸然接触人了。"和我握手的人会在零点前停止动作，如果被其他人看到，就会像那晚在小酒馆里发生的一幕一样，会被认为不正常。这么发展下去的话，甚至可能传出"那个男人在零点前身体会僵化"这样的可怕流言。所以，从那以后，我尽量不与人握手，就算有要握手的场合，我也会挑那人在零点左右不会出门的日子。

另外,我也想,该去寻求新的握手对象。

不久后又进入到下一阶段。

我开始思考"时间扒手"的力量该用到何处。

很快就有了结果。

结论是:做不了什么大事。

我

"您是否知道蚂蚁,特别是有关阿根廷蚂蚁的实验?"

又一次面对"您是否知道"的压力,但我已经承认了自己的无知。

"蚂蚁吗?"

"阿根廷蚂蚁在觅食的时候会从腹部分泌出费洛蒙。从巢穴出去,到外面走动时,也会留下费洛蒙。同伴们会循着费洛蒙跟在后面。我们就假设这个时候,有两只蚂蚁,沿着不同的路,到达了同一个食物旁边吧。"

青木丰测量技师长用像是电子笔之类的东西点着挂在墙上的显示屏,画起了图。他画了两个圆。"假设左边的圆是蚁穴,右面的圆是食物。"他说着,又画出一条沿最短距离连接的直线,以及一条迂回着绕远路的线。

"这么一来,走近路的蚂蚁能比另一边的蚂蚁更早地回到巢穴。同时,因为来回走的是相同的路线,就像涂抹了两次,费洛蒙也就变得更浓郁。"

"原来如此。"

"接下来从巢穴出发的其他蚂蚁,自然会循着费洛蒙更浓郁的路线走,也就走上了那条近路。于是,这条近路的费洛蒙会越来越浓郁。之后的蚂蚁又会循着这条路,就这样,蚂蚁完成了最短路线的队列。"

"原来如此。所以,并不是发现了最短路线的蚂蚁告诉了其他蚂蚁。"

"仅仅是从结果上看,蚂蚁完成了最短路线的队列,但这并不是蚂蚁自身的计算与决断。他们只做了两件事——留下费洛蒙,和循着费洛蒙浓郁的那边走。就是这样,虽然没有管理者,却还是能采取最合适的行动。虽然也有稀稀拉拉的蚂蚁沿着别的路走,但基本上算是完成了队列。"他描着显示屏上那条粗粗的直线,又画了几条从巢穴出发的弯弯曲曲的细线。

我听着解释,一边点头,一边又想所以那又如何。映在显示屏上的那几条线,确实和适才关于"时间分歧"的话题重合了。

"世界的分歧,也可以通过这条蚂蚁队列来解释。"不出意料,青木丰测量技师长说出了这样的话。

这一刻,我有一种被丢下了的感觉。那心情就像好不容易才跟上课程却还是被淘汰。这个公式是怎么成立的?我无法理解,仿佛自己被抛弃了。为什么蚂蚁会和时间旅行,以及平行世界有关?

我不能就这么落后。我抱着在悬崖上攀爬的心情,飞快地开动脑筋。

"这是怎么回事儿?"

"蚂蚁来来往往描出的最粗的线，也存在于时间的流动中。也就是说，这差不多就是我们刚才所说的世界 A。而其他方向的流动就是其中的分歧，有的是 A'，有的是 A"，就像枝与叶。并不是说所有的平行世界都拥有一样的强度和重要度，主世界只有一个，因此最多也就只有两个程度，但却是同时存在的。而且，我想您已经——"

"我并不知道。"我急急忙忙地承认。

"我和您现在所处的这个世界，也就是这个 A 世界，没有'''或'"'，是没有标记的世界。然后，为了掌握这一条时间的流动线，只要控制好蚂蚁通行的道路即可。最粗、最适合的那一条，就是主世界。"

"你说的这个蚂蚁，是比喻吗？"

"不，就是在时空中穿梭来去的蚂蚁啊。当然，和黑蚂蚁啊、阿根廷蚂蚁啊不同，它们更小，生活在微观世界，类似微型蚂蚁一样的东西。"

"怎么可能……"

"在这个地球上生存的动物中有八成是昆虫，每年都会有好几千种新昆虫被发现，在时间中穿梭的微型蚂蚁不过是其中的一种。您对'早在四亿年前就有昆虫存在'一说就没有疑问吗？对于昆虫而言，现在也好，四亿年前也好，只不过是基本重合的不同世界而已。原本他们就是另一种结构的生物，没有肺，利用身体上开的洞来呼吸空气，所以不适用于我们的理论。"

"就算是这样……"

"我们把这种蚂蚁称为时间蚁。通常,时间蚁并非只存在于我们这个世界,还会同时横跨其他的世界,比如 A'或 A"。和电子呈波形同时存在于多个世界一样,它们往返于未来与过去的流动中,并留下费洛蒙。"

"时间蚁的费洛蒙?"

"蚂蚁们在寻找最适合的路线。在刚才所说的故事里,他们完成了在巢穴与食物之间的最短距离队列。与之相比,时间蚁寻找的是过去到未来之间最短、最有效率的线路。就像推销员的巡回路线问题……"青木丰测量技师长正要说下去,似乎是留意到我几乎要哭出来的表情,转而问道,"您不知道吗?"接着他善解人意地解释,"是这样的问题,求出推销员在多个城市中来回一圈所需的最短路线,就像智力问答一样。虽然有各种各样的算法,但刚才所说的蚁群的结构被认为是最有效的。计算机领域也有使用虚拟蚂蚁,通过虚拟费洛蒙寻找最适合线路的例子。实验证明,它们确实有效地找出了最好的路线。不止如此,导入蚁群结构来解决问题的方式还被好几家企业采用。我们这儿就是。时间在流动中有分歧,同时存在多个世界,那么,哪个世界才是最合适的主世界?分歧点在哪里?为了查明这些,我们研究了时间蚁的数量与动向。"

头晕眼花。我不由得心生戒备,他该不会是想借大肆鼓吹莫名其妙的理论来玩弄我,甚至欺骗我吧。有被称为蚂蚁诈骗或者平行世界诈骗的玩意儿吗?我满腹狐疑。脑袋里已经一片混乱,完全跟不上他的节奏。

这时我才回过神来——真的是才！回！过！神！来！我是不是该先回到原点，在最初的起跑线上抛出疑问呢？

"但是，您到底为什么叫我来这里，听您说这么一番话呢？"

三个月前，通过老客户的上司介绍认识的一个人又给我介绍了一个人，正是这位青木丰测量技师长。几次聚餐后，他开门见山地对我说："其实，我有事相求。"当然，我也有正常人都有的警惕心，但我不得不遵从上司的命令——"去参观一次青木先生的研究设施。"

我（青年）

在即将迎来翌日前，有一段只有我一个人能掌控的时间。这就是我的超能力。最多几十秒，想再长一些的话也能弄到分钟，但这点时间到底能做什么？

基本上什么都做不了。

电视节目会停下，电脑也不能运作，自行车不转，连自动贩卖机也不能用。但并不是说世界被冻结。我能喝杯中的水，也能吃东西，看书踢球都行。然而也就仅此而已了。本来一天二十四小时，多六秒少六秒也能算在误差范围里。就像拼命存下一日元硬币去买罐装果汁，不，更像捡到一日元硬币，于是去买滋露巧克力[①]。有滋露巧克力也好，没有也好，对人生中的这一天并没有太大的影响。

深夜里去便利店，恰好在零点之前排队结账。如果周围人的动作都停下，我就会利用多出来的时间，把收银机前的大福饼放进口袋。当然，我并没想过偷，而是立刻就还回去。在店员面前

[①] 滋露（Tirol）是日本的一个巧克力品牌。

抓起商品，藏起来，再放回去，我只是想享受一下这种刺激。我还会把关东煮锅里的鱼肉山芋饼和魔芋的位置对调。

我也曾为了追求性快感而认真策划。发现能成为透明人，男人首先想做的肯定是下流事，我也不例外。

只不过在这件事上，我能做的也很有限。

比方说，去女大学生的饮酒会时，可以趁时间停止的时候摸身边姑娘的胸。坦白说，我真的这么做过，但区区几十秒，根本没有快感。说到底也不过是单纯的"运动运动"，就像挑战计时赛一样。

趁时间静止的时候偷看女生的内裤，这个我也做过。还想过摄像，但那时照相机、手机都无法运作。

后来终于有了期盼已久的恋人，然而，在她公寓过夜的时候我更深刻地感受到这种能力的无用。因为说到底，要是在零点之前有与女性亲近的机会，或是处于能与女性近距离接触的环境，时间扒手的能力也无关紧要了。

关于夺取时间的方法，我也做过好几种尝试。

改变握手的方式，比如改成轻轻相拥会如何？试过后却发现没有明显的区别。只有手与手相握，才会多出来六秒，这是唯一的基本规则。

在把想到的方法都试过后，我放弃了充分利用这个能力的念头。我已认命，在能让自己获利或对世界有利的事情上，都用不到时间扒手的力量。

那么，就只剩一个目标了。

优越感。

其他人都无法动弹，只有自己能自由行动。

我决定在这段只属于我的时间里，放松心情，去品味优雅。

之后，若白天与好几个人握过手，夜晚时分我就会喝着事先泡好的咖啡，静静地翻阅书本。"这个时间仅属于我"——这段不到一分钟的时间让我十分满足。

不要惊讶，这样做能出人意料地获得满足感，在促进精神健康方面也带来了正面效果。

被恋人甩了的时候，我挨个和陪我喝酒安慰我的朋友握手，然后在零点前那段只属于我的时间里大声地吼出心底想说的话，吼到声嘶力竭。

我

"现在进入正题。"青木丰测量技师长说。

那之前那些啰里吧唆、乱七八糟的说明又是什么？虽然我确实一片茫然，但仍不能放松警惕，如果这个时候放松，很可能会被骗，然后买下一个灵验罐子什么的。我挺直了背。

"不过，要简化一下。"

"明明是正题，却要简化？"

"是的，细微的地方就不说明了。比方说，在说'明天会下雨'这个主题时，没必要没完没了地解释'为什么会下雨'吧？必要的难道不是直截了当地说'因为会下雨,不要忘记带伞'吗？"他说着，拿起手边的遥控器，监视器上便映出了影像。

我看到了一幢破房子。好几张桌子和椅子靠在墙边，房间中央空着，接着，在那块空出来的地方堆起了一座山。过了一会儿我才发现那座小山是人堆人，不由得惊呆了。虽然并不清楚他们是死了，还是人偶，但这像要焚烧营火般的高台，让人感觉很不真实。

然后，切换到另一个监视器。

映出的是明亮整洁的店内。陈列柜中摆着蛋糕，席位上坐着仪态端正、牙齿整齐、皮肤光润的女士们。她们举着叉子，手托着脸颊，眯起了眼。

"这是……"我问。

青木丰测量技师长又按了一下遥控器，监视器里并列着两个影像。左面令人毛骨悚然——凌乱的房间里堆着人体；右面则是时髦店里的旖旎风光。

他静静地指着左面的影像，"这个，"又指向右面，说，"会变成这样。"

"啊？"

"左边，有很多人类的尸体。是这样的，这家店的外面也有许多人类的尸体。"

"为什么？"

"疾病。想不到刚才您替我说了，是因为抗药菌的蔓延。"

"怎么可能？！"我过于震惊，反而笑了出来，"这到底是怎么一回事儿？"

"在不久的将来，这个世界会变成这样。抗药菌的出现使得药物全部失效，无法阻止的感染让人一个接一个地倒下。不要说对尸体感到畏惧了，简直连处理都来不及。"

我一动不动地盯着左面的影像，看到不会动的人体小山周围确实有像虫子一样的东西飞来飞去。一想到那可能是苍蝇，我全身的鸡皮疙瘩都起来了。

"所以，我们想把这种严重的事态朝这边平静的状况转变。

事实上,这是同一家咖啡店的店内,却因为时间流向的不同,出现了如此大的差异。"

这时我想起了减肥商品的广告——会变成这样,就像在说"当然是瘦的这边好"一样。比起尸体成山的咖啡店,当然是惬意享受着蛋糕的店更好。

"但是,那个,就算你说这个会变成这样,可要怎么做才好呢?"

"是这样的。"青木丰测量技师长竖起食指,但他的表情没有变化,"这时,您的协助就是必不可少的了。"

终于来了吗?我做好准备,抬起下巴,直起身,直勾勾地盯着他,心想:轮到我出场了吗?然后,各种在那之前不曾有过的想象在脑中浮现。

"莫非是,要我回到过去,改变世界的流向?我回到过去,也就是作为秘密使者被派遣去做某些工作,以把这边的世界变成那边的世界?"

"准确来说,让世界产生分歧并没有意义。就像我刚才所说的那样,我们所在的是世界 A,要让这个世界不出现分歧,并转变成更好、更理想的状况。为了做到这样,我们进行了庞大的——真的只能用庞大来形容——计算。就在这个设施内。换句话说,就是在把对世界产生的影响缩到最小的前提下,改变世界的流向。一丁点儿变化都会缓缓推动接下来发生的事,然后再带来更多的变化,通过这样的连锁反应来改变未来。必须倒算再倒算,最终推倒最适合的那第一块多米诺骨牌。"

我感到自己的心跳有一点加快，但并非出于恐惧。是要我参加这项工作吗？潜入，就像为了世界和平而行动的间谍那样，我的脑中浮现出有类似情节的漫画。

"所以，是要派我去推倒第一块多米诺骨牌，是吧？"

青木丰测量技师长点了点头。他拿起遥控器，又切换了一次监视器。

透明的箱子里有一只浅褐色生物，长长的触角如微微颤动的稻穗一般摇晃着。身体扁平，裹着一层薄薄的赛璐玢。这生物看起来既虚幻又脆弱。椭圆形的身体上有一个小小的头，长着六条腿。体态是比流线型更甚一步的可笑形状，是为了减少空气阻力，提高速度，以实现快速移动吧。它左右移动着，迅速得仿佛一度消失了，之后又出现一般。又像是趁我眨眼时移动了位置，我的眼睛总是跟不上它。纤细灵敏，兼具聪慧。

总之，一开始我并没有认出这个生物是什么。大概是因为在屏幕上被放得太大，而我此时已失去了冷静思考的能力。

当我反应过来它的真面目时，浑身的汗毛都竖了起来，几乎要"啊"地发出尖叫。

是蟑螂。

"它就是我们派遣到过去的密使。"青木丰测量技师长的声音传到了我的耳朵里。

我（青年）

不久，那段仅属于我的时间就渐渐变成让我安详喜乐的活动，就像模型爱好者看到模型在铁轨上飞驰，又比如拉面爱好者发现了一家新店。当然不可能每一天都有，虽说只要握手就行，但实际上，每天都想频繁且大量地与人握手十分困难。有一段时间，大学里还传出过"三上是色狼"的流言。自从知道只要与人手掌相触便能顺走时间，我还想出用扳手腕做借口的方法。我信口开河地说自己想变强壮，并为了让这话更有可信性而刻苦锻炼肌肉，然后和朋友及新认识的人频繁地扳手腕。即便如此，一天最多也就能和十来个人握手，顺来的时间可谓杯水车薪。

随着求职期渐渐逼近，我开始思考如果可以的话，有没有什么可以与许多人握手的工作。虽说用"可以握手顺时间"来决定人生前进的道路有些草率，在这一点上我也有过瞬间的犹豫，但想想反正也没什么想做的事情，把"能握手"作为就业方针也不算特别糟糕。

"议员吧。"当我问要好的朋友什么职业能握手时，他是这么回答我的，"他们不是经常要握手吗。"

"是吗？"其实我也只能想到这个。我经常在电视里看到候选者对选民们不停道谢的画面，嘴里重复着"拜托您了"、"谢谢您"，然后与他们一个个握手。但这毕竟只在选举时进行，一旦当选，握手的次数就会减少了吧。更何况我并没有被选举权。

"除了这个的话……那么，偶像？不是有握手会什么的吗？"

原来如此。我才觉得确实如此，却又立刻否定。我完全不了解偶像之路，也估计不出握手会在偶像工作中的重要程度。

"对了，不是有什么战队表演吗？那种戴着头套的演员，表演后不是都会和孩子们握手吗？三上又是体操部的。"朋友相当不负责任地说道。不过只是单纯的闲聊，也不用多负责。而我却难掩兴奋之情。就是这个！我几乎要喊出声——但没有真的出声，而是不由自主地握住了朋友的手，虽然不是故意的，却还是收下了六秒。

我

即使是在疑团众多的昆虫界，蟑螂也是被人类格外冷待、厌憎的一种生物。此时却有人对我说它是"担负着人类未来的密使"，我自然无法立刻接受。

青木丰测量技术长并没有说刚才是在开玩笑，而是一脸认真地继续说："虫洞①内部拥有巨大的重力场，一般一旦发现就会立刻摧毁。若要维持虫洞，就必须注入反重力物质。即使这样，从中经过还是会受到超乎想象的压力。人类如果进去，瞬间就会被压扁为厚度无法测量的微粒。"

听起来像是已经用人或动物做过实验，并看到了惨不忍睹的结果。我想象着身体被粉碎时的绝望、被压扁时的剧痛，不由得浑身发抖。

"蟑螂就没事吗？"

"即便是在昆虫界，这种虫的强度都数一数二。而且，若利

---

① 虫洞（Wormhole），是宇宙中可能存在的连接两个不同时空的狭窄隧道。二十世纪三十年代由爱因斯坦及纳森·罗森在研究引力场方程时假设的，认为可以通过虫洞做瞬间的时空转移或者时间旅行。

用虫洞把某个物体送到过去,这一过程会往周围散发庞大的能量。比如,要送这只手表大小的东西,不要说这个设施,冲击波会扩散到整个关东,引发全面停电和机械故障。那么,可以运输多重的东西呢?根据实验我们发现,如果是只有两克的物体,就能把影响控制在仅仅使得这个地下设施停电数秒的程度。"

"蟑螂不到两克吗?"

青木丰测量技师长点了点头。"而且,它们不会引发我们一开始所说的那种杀了自己妈妈的时间悖论。"

"那么,那个……试过了吗?"我抛出问题。我一直以为利用虫洞进行时间旅行只存在于小说中,但或许现在起我开始相信了。

"蟑螂的样子自三亿年前到现在几乎没怎么变过,它们一直存在,您知道这是为什么吗?"

"因为它们很顽强吗?"

"您知道为什么蟑螂没有进化吗?换一种说法,可以说它们在三亿年前就完成了进化。您知道吗?"

"不知道。"

"因为我们曾把蟑螂送到四亿年前。"

虽然吃惊,但我心里的某处却也在想"果然是这样"。从对话的走向来看,变成这样一点都不奇怪。

"它……"青木丰测量技师长望向监视器里映出的扁平椭圆形昆虫,说,"引发时间悖论的可能性很低,身体的强度也无可挑剔。作为密使是最好的,更重要的是……"

"更重要的是?"

"它能改变人类的行动。"

"什么意思?"

"我们的目的并不仅仅是把什么东西送到过去,而是想通过送到过去的东西使时间的流动发生改变。"

"为了推倒第一块多米诺骨牌。"

"是的。然而,不管穿越时空的是石头还是蚂蚁,都很难影响人类的行动。推倒多米诺骨牌是最难的一关。但与之相比,如果出现的是蟑螂……"他直直地看着我的脸,"就会对人类的行动产生影响。"

对此我深感同意。蟑螂的出现的确会改变人类的行动。会有人发出惨叫,也会有人为了消灭蟑螂而行动。我再次望向监视器里映出的那只虫子,设施内的影像似乎是实时变化的。一想到它是带着重大使命踏上遥远旅程的密使,我的心中自然而然地涌出尊敬之意,甚至从那近看似赛璐珞般薄薄的半透明躯干上感受到了崇高。由此可见我的性格也很单纯。

"但是,"青木丰测量技师长的口吻出现了少许变化,"就像不论多么安全的药都会有副作用一样,改变时间的流动就会对周围产生各种影响也是事实。所以,除了我们所希望的预防抗药菌蔓延这一变化之外,还会对人类造成其他变化。我们把这些变化分为三类。"

"三类?"

"'好的变化'、'坏的变化',然后是'绝望的变化'。"

"好孩子、坏孩子和普通孩子。"我反射性地接话。青木丰测量技师长则毫无反应。

"我们送去的密使会使世界的流向发生变化。也就是说，密使送去的同时，世界A的状况就完全改变了。比如有的人比现在更富有，又或者逃过了本该罹患的疾病。这就是'好的变化'。然后，也会有本来应该结婚的男人却还是未婚、本来该中彩票的却没能中这样的可能。这些是'坏的变化'。"

"那么，世界杯和奥运会的举办地也会发生改变吗？"

青木丰测量技师长点了点头。"会有许许多多的人生活可能因此发生变化，但举办地变更这种事说不上是'好的变化'还是'坏的变化'。"

"对东道主运动员来说就是'好的变化'。"

"是的。"

"那么，绝望的变化是指？"

"死。"他尖锐、冷漠地断言，"或者说与之相近的状态，比如受了无法恢复的重伤。"

"那不是很麻烦吗？对那个人来说，即使世上没有抗药菌却还是死了，他会受不了的吧。为了拯救世界却牺牲某个人的人生，这种事……是和蚂蚁一样的思维吗？为了蚁群，牺牲一只蚂蚁也无可奈何。"

"和蚂蚁不一样。"青木丰测量技师长没有动怒，而是摇了摇头说，"为此我们也进行了计算，当然，我们做不到避免所有变化。最后得出的结论是，对于'好的变化'和'坏的变化'，都只能请他们接受。而对于'绝望的变化',我们是按照通路是否有时间能让可能性无限趋近于零来解决的。"

我留意到"无限趋近于零"这种表达,这不就是"没办法变成零"的意思吗?

"要在什么时机,又要以什么方式送去密使,才能使受害者的人数最少?这是个十分困难的问题。救一个人,另一个人就会走上歧路,所以我们要尽可能地减少这种事。"

又是"尽可能"。我的脑海中浮现出把大气球塞入小箱子的场景。即使硬塞,气球还是会从某个地方漏出来。把漏出来的部分塞进去后,又会有另一部分从别处漏出来。是不是消除了某个人身上的"绝望的变化","绝望的变化"又会在另一个人身上发生?

"然后,虽然没能完全成功,但我们还是计算出了把'绝望的变化'最小化的路线。"

"做到了吗?"

"是的。世界得以从抗药菌蔓延的厄运中逃脱,只是,仅仅一个人会面临'绝望的变化'。我们计算出了这样的时间流动路线。"

"只有一个人……"我低语。

"这是极限了。再怎样也算不出比这个更好的状态了。"

我终于理解了,完全是局外人的我会被带来这个地方,听这些对门外汉来说十分艰深的说明的原因。

"那个人就是我吗?"

青木丰测量技师长的脸上终于显出感情流露的缝隙。他的眼睑颤动,眼神中透着慈祥——我似乎看到了,但瞬间他又恢复了冷静。

"是的。"

我（青年）

要出演电视中播放的儿童英雄节目很不容易，门槛非常高。还要从属于专门的团体，就像职业棒球队去挑战职棒大联赛那样。高中时代曾在体操部学习过——这种程度的履历就想上台简直是痴人说梦。因此，我一开始的目标是在游乐园和百货商场的天台上表演。而且仔细想想，我的愿望是"尽可能频繁"、"尽可能多地"与他人握手，上电视没有意义。

幸运的是，很快我就找到了公司。那是家以角色扮演和扮演吉祥物表演为主营业务的公司，据说还会重点培养动作演员，我毫不犹豫地去应聘了。因为我还是大四学生，于是先从每周参加练习开始。

"九成的人干不到一个月就会辞职。"面试时社长兼演员这么说。他粗略地看了一眼我的体型，耸了耸肩，"有点太娇嫩了，我觉得很够呛哦。"在享受吓唬年轻人的乐趣时，他的话里也掺杂了部分真心。

"我想问一下,你为什么想做这个工作？"这是他唯一的问题。

恐怕他想象中的回答一定是"想给孩子们带去梦想"这样的

吧。大部分回答都是如此吧。我并没细想，或许是因为太紧张，我竟脱口回答："我想和孩子们握手。"接着我发现这么说实在像个想和孩子们发生身体接触的变态，又连忙补充道："我想用力地和他们握手，给他们打气。"虽然意思不明不白的，但我只能期待这么说能消除变态气息。

社长笑了笑，说："唔，来练习哦。"

即便练习中要求严苛，我却从没想过辞职。相反，或许运动很适合我的性格，进大学后变得迟钝的身体渐渐活跃起来，而这一改变也令我心情愉快。

之前听说从练习到上台表演要经历不短的一段时间，实际情况却十分出人意料，我还在学习期间就登台表演了。

一次在大宫车站前的活动中，我作为后台帮手同行。快上场时，本该来的一位老演员却因发生事故没赶来，仓促之中我被任命代演。

"好了，三上去试试。"

虽然之后社长扬扬得意地说："你练习得很认真，感觉也不错，所以我想你大概能行。"但我想当时他决定那么做恐怕只是不得已的自暴自弃吧。

我没在意周遭人的担心，成功地完成了表演，没犯什么大错。感觉自己有点厉害。我在一次意外登台中宣告自己"能行"，身穿绿装很好地完成了打斗场面。

表演之后安排了握手会，我很激动。并不是因为实现了心心念念的与众人握手的愿望，而是因为发现自己所选择的道路比想象中的更为正确，因这份喜悦而兴奋。

或许因为是周日的活动，虽然舞台并不算宽敞，却来了许多孩子。也可能是因为登台的角色都是刚开播的新节目中的战队英雄吧。上午加下午，总共有一百多名孩子排队与我握了手。

同时，这天我第一次涌起这样的疑问："隔着戏服握手也有效吗？"事后证明这是杞人忧天。

这一天零点之前，我享受到了迄今为止最长的"自己的时间"，差不多有十分钟。我喝着咖啡，翻着杂志，细细品味一个人的时间。

还有很重要的一点。

以儿童作为握手对象是最适合的。

以前，虽说只有区区六秒，但我对夺取他人时间这件事一直怀有罪恶感，也感到害怕。会不会因为我夺走了六秒，导致零点前正在行驶中的汽车发生了意外，这样的可能性并非为零。我总是在担心，会不会因为难以预料的意外而导致悲剧。

考虑到这些，如果对方是儿童，出现意外的概率就会很低。零点时分，大部分孩子应该都在睡觉吧，处于睡眠中的身体僵硬六秒，应该不会有什么影响。

日复一日地练习，登台，让我越来越深刻地体会到自己选择了最合适的工作。大学毕业后我理所当然地留在那里就职，社长都不掩惊讶地说："竟然坚持这么久……"

我觉得这样很愉快，能充实地度过每一天。实际上，我就是在充实地过着每一天。

完全没想到自己竟然会被人盯上。

通过握手我能从别人那里偷来六秒,但这一结论终归是凭经验和身体的感觉得出的。零点之前,周围世界的时间会停止,因此无法用时钟来测量停止的时间。我是独自享受着咖啡缓缓读秒得出六秒这个数字的,大概没有偏差吧。对时间来说,"六"也是个关键数字。

截至某个时期,最高纪录是十三分钟。也就是说,我那天和一百三十个人握了手。

那时,我也终于对自己的身手有了自信。在百货商场的天台上表演,还有去地方上的小玩具店参加握手会都不在话下,连大型会场的表演都能从容应对。

我们扮演过各种各样的英雄,穿过会让人忍不住侧头问"这是曾在哪里登场的人物"的服装,也演过在以前的电视节目中登场的英雄。当然,最受欢迎的还是正在播放的节目中的战队英雄,以及假面骑士。

跟代替前辈上场的第一次工作不同,完成属于自己的表演之后会有成就感。更重要的是,能看到参加演后握手会的孩子们眼中释放出的不一样的光彩。亲眼见到憧憬的英雄就生活在自己身边,孩子们都会毫不掩饰地表现出激动之情。而我也会被他们的热情感动。然而另一方面,想到现实中并不存在这样的英雄,我又会感到悲哀。

"现实社会,"我曾听社长在醉倒前这么说,"现实社会里,即使要主持正义,也不可能像战队英雄那么潇洒。谈判,交易,人脉和民意调查,这些都是必不可少的。"

"是这样吗?"

"就算有能预测未来,并把坏人噼里啪啦干掉的英雄出现……"

"就算?"

"要是因为一时失言被媒体抨击,就完蛋了。"

听到这个说法,我笑了。

"我的意思是,你觉得无能、寡言、性格和善的政治家,跟有能力却毒舌的政治家,哪个好?"

"但是,在明知说错话会被人盯上的情况下仍旧不小心失言,这表明还是能力不够啊。"

听到我这么说,社长叹了口气。"今后,当英雄的首要条件是,不能说错话。"

哪里都没有围巾翻飞、披风飘扬、英姿飒爽的英雄,孩子们会渐渐明白这一点。这么想或许有点夸张,但我确实感到胸口被紧紧地揪起。

"你的力量不可或缺。"听到这番话时恰逢演出,剧本里并没有这样的台词。话说回来,我们扮演英雄时,只有动作,并不会说台词。即使有台词,也是负责配音的人在后台用麦克风说的。更何况,这个怪人所说的话也太客气了。

我反身一个后转身加侧踢,踢中了敌人的腿。扭打中,两人的身体不断靠近,这时我听到这个以蟑螂——就是那种恐怖的昆虫——为原型的怪人发出的声音。"你的力量不可或缺。"

别说观众席,连在舞台上演出的其他同事都认不出这个声音。

咦？我想问，却还得顾忌表演。正以为自己是幻听了，但再度扭打到一起时，我又一次听到了呼唤："你的力量不可或缺。"要说我的力量，我能想到的只有时间扒手，又没办法仔细确认。

演出结束后，我为了确认那句话到底是什么意思而到处寻找扮演蟑螂怪人角色的前辈，却发现他不知怎的，沉睡在公司的小货车里。由于前辈一向做事认真，从来不会在上班时间打盹，所以公司就这么接受了他"喝了茶之后突然就睡死过去了"的理由。刚才蟑螂怪人在舞台上的表演没有任何问题，也没给其他演员带来麻烦，所以他没有必要故意说谎。那么，是谁，又是出于怎样的意图，要去代演怪人这个角色呢？大家苦苦思索，却都想不出原因。最终只是在公司里打出"上台前喝瓶装饮料的时候，要注意有没有被放安眠药"的训话。

莫非是——应该只有我一个人这么想，怪人之所以会潜入，莫非是为了跟我说话？

究竟是谁？我毫无头绪。

而且，有必要用这种令人抓狂的方式吗？就在我这么东想西想的时候，公司收到了假装成支持者寄来的信。上面写着："能让三上先生的特技发挥作用吗？"不到一天，又收到了好几封，还发来了电子邮件。我很惊讶他们怎么会知道我的邮箱地址，怀疑是不是公司泄露了信息，却没发现这样的迹象。这时，神秘的对方提到了时间扒手的事。

起初我感到很恐惧，但他用词恭敬，像是"或许您会感到怀疑"、又或者"一点一点来也无妨，若您愿意相信我……"。对方谨慎客气的态度让我并没有产生排斥与抗拒的心理。更重要的是，从他提起时间扒手的那一刻起，这件事已经很难再认为是单纯的恶作剧了。

"我们得出的结论是，必须请您助一臂之力。"虽然也有这种会让人感受到强迫意味与威慑力的措辞，但也有很多诸如"若您愿意"、"如果可能"这些尊重我意愿的话，让我的心网确实收束得没那么紧了。

虽然知道这就是对方的目的，但我还是一点点倾听对方说的话。因为提到过"我们"，所以我推测与我联络的并不是个人，而是某个团体。

回过神时，我已经在给对方写回信了。

你们想向我寻求什么帮助？

为什么你们会知道我能顺走时间的事？

如果我拒绝的话会怎样？

大致归纳一下，他们的回复如下。

我们想请你使用那段自由的时间进行一项简单的工作，这项工作对普通人来说可谓困难至极，但若有你，就将是一件非常安全且轻松的事。

至于我们是如何知道你的能力的。这件事解释起来会有些困难，而且即使我们解释清楚，也依旧无法更改我们已经知道了的事实，所以还是略过吧。

假设你拒绝了这个委托，也不会对你有坏处。既不会有金钱方面的损失，也不会感到精神方面的恐怖，肉体也不会受到伤害。

你还能像现在这样波澜不惊地生活。只不过,原本你能拯救的事情将无法得到拯救。仅此而已。

我自认是个想法单纯的人,且出于职业病,对救人这种工作很感兴趣。

"若接受这份工作的话……"我在邮件中这么问,"谁会得救?"

孩子?老人?是这个国家的人吗?还是说范围会更广,或更窄?

回答是这样的:"孩子会得救。老人也会得救。保守估计,你会拯救整个世界。"

"保守估计?"我只能认为他是在逗我。

那么,反过来,如果我做了这个工作,会有人受到困扰吗?不管什么药都会有副作用。如果我的行动是如此有影响力的工作,那么必定会有人受到困扰吧?

他们对于这个问题的回答,我觉得是诚实可信的。

"若说没人困扰那是在撒谎。"他们先做出说明后又进行了解释,"虽然这样,但不会带来任何具体的伤害或损失。只不过踏实努力工作的人,工作成果会化为乌有。"

接下来的邮件有些让人看不懂。

他举了个例子,是飞脚。

飞脚?当我在邮件中看到这个词语的时候,瞬间惊呆了。怎么和这种东西扯上关系了?读了邮件之后我才知道是怎么回事儿。

江户时代，城市之间的通信都派飞脚去。飞脚们会花上几十天，奔跑着传递消息。放在现代，用手机的话只要几秒钟就能取得联络。即使运送货物，快递最快能在翌日到达。

和这个是一样的。

如果一辆快递卡车恰好开过奔跑着的飞脚身边，司机一边说着"我这边更有效率哦"一边从旁超过，飞脚肯定会很沮丧吧。迄今为止的辛劳与花费的时间全都白白浪费了，他的心情或许会很糟糕。

你接受工作的话，就会发生这样的事。

他们是这样说的。

似乎是这么一回事儿：如果我去工作，就相当于起到快递或手机那样的作用，那样会毁掉处于飞脚立场上的那些勤恳作业的人们的工作。

"要是从整体来看，这也是件令人高兴的事。"对方继续说明，"飞脚虽然失去了工作，但世间变得更方便了。"

只是这种程度吗？

我松了口气。虽说会有人受到损失，但也只到类似于因为有更高效率的传递方法导致飞脚失去工作这样的程度，我就放下心来了。

我决定接受这份工作。

或许会有人责备我轻率、不够警惕。其实我自己也担心会不会给坏人当了帮凶、会不会是诈骗。

然而，我还是决定去做。

希望自己的力量能发挥作用。这应该不局限于我,而是人类的欲求。是关乎自我实现的问题。因为我一直在舞台上出演英雄的角色,所以可能这方面的感觉有些麻痹。

我

虽然这个消息让我很受冲击，但我还是尽力保持着冷静，恐怕也是因为我还没能把它当做现实来体会吧。不知从哪里来的人突然说"为了世界，绝望的变化会降临到你身上"，你能接受吗？

"之后我们会派遣密使。组织里也有应该不告知你任何事，直接去实行的意见。但我们都是人，我觉得不能不负责任地假装看不见。我们必须正视自己所犯下的罪，不可以把救了更多人当成免罪符。我是这么想的。所以，我请您来，并请您亲眼看着接下来将要进行的事，您在听完今后会如何的说明后，也能对至今为止的人生有所把握。"

"听完说明之后会怎样？请您去死吧。是这样吗？"我竟然会说出如此感情用事的话，连我自己都觉得意外，并为体内还能有想刺激对方的力量而佩服自己。

青木丰测量技师长切换了监视器。是刚才已经看过的两个影像。"这个，会变成这样。"他又一次伸手指向画面说。

"这个会变成这样。然后在那个瞬间，我就不在了，对吗？"

"还有时间。我们在隔壁房间为您准备了您最喜欢的菜肴，还有好几名或许符合您喜好的女性。我们能做的也就到这个程度了。"

画面又变了。白色墙壁的房间里摆放着衣柜般的大型机器，放在房间中心如烛台般的物体上有一个透明的半圆形容器。里面有一只六足、浅褐色的扁平节肢动物。它的触角微微颤动，不时地移动一下。

"这是普通的蟑螂吗？"

"不是。并不是随便一只都可以，这是经过特别培育、调整过基因、最出类拔萃的一只。就靠他了。"

"是公的吗？"

"那个房间里安装了最严密的安保设备。有传感器，警报会在入侵者进入的同时响起，还会喷出瓦斯。和候梯厅是相同的构造。"

青木丰测量技师长淡漠地解释着。这是考虑到我可能会自暴自弃地摸索到那间实验室，冲到里面把蟑螂砸烂吗？

心跳在加剧。胸口的猛烈搏动会使得肌肤破裂吗？我开始害怕，呼吸急促。感觉嘴唇湿哒哒的，伸手一摸，才发现那是鼻血。

我（青年）

乘上小型汽车，行进在平时不会经过的国道。来往的车辆很多，即使在深夜，人类的活动精神也不见衰减，这让我十分吃惊。

我看了一眼车内的电子钟后在岔路口转弯。踩着油门并不是因为担心赶不上约定的时间，而是因为情绪高涨。

白天，我刚站上憧憬的著名游乐园的舞台。以我们公司这样的规模，很少会被叫到可容纳四千人、堪称战队英雄圣地的场地，参加那里举办的活动。也难怪社长会颇为兴奋。"不知怎的，忽然有某个知名演艺公司的预约撞车了，于是叫我们去参加这个星期日的演出。"若在平时，这种事是不可能发生的。

员工们都惊呆了，而我则觉得原来如此。是嘛，一切都按照"他们"的指示进行。他们的邮件上写着"为了全力发挥你的那种力量，我们会做相应安排，让你能和许多许多人握手"。而事情就这样发生了。

在游乐园的演出结束后安排了握手会，近三百个孩子排好队和我握了手。对我来说，这是最高纪录。

获得时间，三十分钟。

也不知道三十分钟能不能完成他们所委托的事。

可以的吧，我估计。

他们委托的内容相当简单。根据对方送来的建筑示意图，要移动的距离也不算什么。三十分钟的话，足够完成了吧。

"你们拥有令人惊叹的情报网，影响力可以让我们公司登上那样的舞台。既然这样，你们不能自己完成这项工作吗？"我感到疑惑，"实际上要做的事情不是很简单吗？"

他们给出了这样的解释："假设我们破解了十秒跑完一百米的方法。那我们可以根据理论造一个赛场，或许还能创造出所需的配套环境，也很清楚该用怎样的姿势跑。只是，能够实际去跑的，只有有能力的人。"

即使在深夜，也能找到目标建筑，被路灯照着的白色外墙显得格外醒目。我被指示在大楼正面的马路上停车。这辆车并不是我的，而是为了今天的工作特意准备的。收到写有"会给您一辆小型汽车"的邮件翌日，就有工作人员把车送来了公寓。

我停下车，扭了扭钥匙。

车的心跳停下，前照灯倏地暗下去。就在刚才还在路上疾驰的勃勃生机忽然蒸发，化为一大坨固体，就好像负责运输的生物在完成任务后呼呼大睡。

我下了车，靠近白色大楼。出入口的玻璃大门紧闭，因为是深夜所以还上了锁。一旁的墙壁上挂着对讲机，似乎要输入密码并通过指纹验证，门才会打开。

我暂时在原地等待。

"会停电。"几天前，我们第一次通过电话交流时，男人这么说。他那异常冷静、毫无抑扬顿挫的说话方式使得即使是电话交流，还是给我一种在发邮件的感觉。

"停电？"

"在你移动的路上有好几扇门，必须打开的门。自动门。因为全都启用了电子锁，所以只要断电，就能用手打开。"

"停电吗？但是，既然是秘密基地，这种事应该在预料之中吧。"我问。

"当然，那里安装了即使断电也不会停止供电的永不停电装置，相当优秀。只不过，我们会让那个也停下。"

既然这种事都能做到……我单纯地这么想。"你们既然有如此厉害的力量，那岂不是什么事都能做到了吗？"我被告知那里是一处安保措施相当严密的地方，但此时却觉得安保十分脆弱。

"也不能这么说，还有相当坚固顽强的设备在。如果永不停电装置停止工作，系统会启动菌性电池作为辅助。"

"菌性电池？那是什么东西？"

"一种利用霉菌增殖等原理运行的电子能源。虽然还没有向大众市场发布，但已经在一些专门机关中实际运用了。说白了，也就是现在所说的电力的辅助。"

"那个……会动吗？"

"菌性电池启动后，如果通过摄像头感知到可疑人物或异常事态，设施内的所有工作就都会紧急停止。然后会有携带武器的警备队出动，在设施内寻找、调查。"

"那么，要怎么做？"

"从永不停电装置停止工作，到切换到菌性电池，之间会有一段启动时间。你要利用这段时间。也就是说，仅仅在切换的这段时间里没电，各个房间的门都能手动打开。"

"那个所谓的启动时间有多长？"

"五秒。"

"五秒？"

"感知到永不停电装置停止工作后，经过五秒，就会切换到菌性电池。"

"五秒？才这么点儿时间啊？这点儿时间能做什么？"

电话那头的口吻第一次变得温和："所以我们才来求你。"

大楼外面很暗，还有点冷。我屈伸膝盖，伸了个懒腰，又扭转身子，舒展舒展肌肉。然后我看了看硬戴到演出戏服外的手表——这不是我的个人物品，是他们送来的，可以想象，是以精准为卖点的高级货。

我静静地看着秒针，明天正在渐渐接近。我感到紧张。第一次使用近三十分钟的"多余时间"，而且要执行一项和优雅地享用咖啡完全不一样的任务。我感到视野一角有人影，身后有人，或许是下班回家的上班族，虽然身在暗处，我却能想象出他脸上浮现出的略带惊讶的表情。糟了，被看到了吗？正这么想时，设置在大楼入口处、类似于小夜灯的光亮瞬间消失了。会马上再亮——吗？它最终没有再亮起来。停电了。我看了看表，秒针停在零点前一格。开始。

我的手伸向眼前的玻璃门，往旁边一拉，动了。是没有通电的状态吧。如果指示正确的话，装置在这里的设备会用五秒切换到另一个电源。

而我有三十分钟，用在这五秒里。

顺着大楼深处电梯间旁的楼梯往下走，僵硬的脚步声回响在冰冷的大楼里。虽然咚咚咚绕着旋转楼梯往下走三层会花上相当一段时间，但这和我平日的练习比起来，完全不算什么事。

我到达了地下三层。和听到的状况一样，像是ＪＲ检票口一样的通道边站着两个男人。虽然身着西装，却一眼便知其腰间有武器。墙上有监控摄像头，人和摄像头都静止着。

我穿过通道。还有其他的认证装置，但也都停止运作，没必要介意。我跳起来，接二连三地翻过各种机器，用力地打开正面的大门后，出现了一条通道。

笔直延伸的通道让人感觉不出远近，奔跑着都不知道自己是否在前进。我有好几次觉得眩晕，但也只能往前冲。走到尽头后往左转。

有人站在那里。我发出了尖叫，却又立刻重振精神。除了我以外，没人能动。

之后移动过程中的细节就省略了吧。奔跑，在转角拐弯，沿着通道前进，一直是这样的重复动作，但也不算累。

最终，我到达目标房间门前。门上有灯，感觉像手术室。门很沉重，我搭上体重去推，总算推开了。

里面很宽敞。

房间里摆放着各种各样的器具、桌子和电脑之类的物品。虽然墙上有好几台监视器，但都静止着。

我还看到了一位像是研究员的人。他套着一件薄太空服似的服装，大概是特殊材料制成的，虽然头露在外面，脸却被透明控制板遮着，像戴着眼镜。

墙壁比较高的位置有一扇大玻璃窗。玻璃的另一侧站着许多人，似乎正从看台上往这边望。

虽然我觉得会有人为了看这种东西而聚在一起也很好笑，却并不得意，因为我感受到了从高处俯瞰物体时的傲慢。

我走到房间中央，那里孤零零地摆着一张独脚桌，上面放着一个透明的盒子，就像魔术师手中的道具一般，也像盛高级菜肴的盘子。

我听说这张桌子周围也设有感应监视器，及应对各种异常事态的装置。然而，在没有通电、时间停止的状态下，这些都毫无意义。

我笔直地朝前走去。

打开透明的半圆形盖子，这是最吓人的时刻，因为我知道，里面装的是那只讨厌的昆虫。

我取出绑在腰间皮带上的小箱子，这也是事先准备好的。我打开盖子，用颤抖的手摸到那只虫子。虽然戴着手套，却还是起了鸡皮疙瘩。把它放进箱子后，我快速地合上盖子，又把箱子挂到了皮带上。按照指示，我在桌上的盒子里放了张多媒体记忆卡。

然后就只剩下原路返回了。我拼命地奔跑，沿来时路往回跑。

在通道中,我有那么一瞬间听到了扇动翅膀的声音。是那只虫子在箱子里动吗?怎么可能!我想。虽然我怀疑这只可怕的、令人惊异的昆虫似乎具备硬挤入我自由时间的力量,但之后就没再听到任何声音了。

"最早被公布是在二〇一〇年的英国普通微生物学会。"前几天的电话里,那个男人这么说,"他们发现蟑螂的中枢系统能制造出消灭抗药性金黄色葡萄球菌及病原性大肠杆菌等,具有致死性细菌的天然抗生物质。还判明了存在于蟑螂与蝗虫脑中的九种抗生物质对杀死不同分子种类的细菌有特效。所以说,昆虫和人类所具备的能力是不同的。之后,通过继续研究,如今已使利用特定蟑螂研发强力抗生素成为可能。"

听他说这段话时,我并不是很明白对方所指的时态是什么时候,换句话说,我不理解"如今"里的"今"是什么时候。而他说"二〇一〇年"就像在说很久以前的事。

然后,他又继续说道:"现在,世界正面临抗药菌蔓延的情况,很糟糕。"

"现在?你是说现在抗药菌正在到处蔓延?"哪里有!

"我们使用了许多蟑螂和蝗虫,尝试制造抗生素,虽然也有一些成果,但并没研制出能起决定性作用的产品。因为我们还没找到最适合的蟑螂。无奈之下,我们分析了基因,制作出基因系谱图,真是个巨大的系谱图。结果,我们发现,在过去,曾经存在一只我们想要寻找的蟑螂。"

希望你能确保那只蟑螂来到现在。

这就是对方委托给我的任务。必须进入某个设施、取得预计会在某项计划中使用的某只虫。满眼都是"某"。

如果能得到那只虫子，那么抗药菌的事就能轻易解决。我们迫切需要生存于你的时代里的那只昆虫的基因信息。

"那个设施，他们到底在做什么？"

"实际上，他们的最终目的和我们一样。都是为了防止抗药菌蔓延。他们为此而工作。"电话那头的声音说，"只是我们更时髦。效率高、损失小，还优美。"

"如同飞脚和快递的差距吗？"

"就是那样的。所以应该用我们的方法，而不是他们的。当然，这并不是他们的过错。时代在变化，能做的事也跟着变。就好像最早出现的手机很大，之后看起来，会觉得那像一只滑稽的道具箱，然而在当时却是最先进的外观，最时髦的设计。"

"你们那里的'现在'，到底是什么时候？"

我没能得到答案。

我回到候梯厅，警备员们还静止着。我冲上楼梯，跑到一楼。拉开门走到外面。云紧紧地贴在空中，透出隐隐约约的黑色，星星一眨都不眨。

我

我并没有像"我思故我在"这句话说的那样,切实地感受到自己依旧在这里。正如反过来想,存在消亡的瞬间也不会去想"啊,消失了",也就是说,"思"同时消失了。

就在刚才,时针指向零点的瞬间,我紧紧地闭上了眼。

我并没能理解青木丰测量技师长的说明,更没办法痛快地接受在那之后他所说的,会发生在我身上的"绝望的变化"。

我暴跳如雷,却被按倒,灌下像是肠胃药一般的药物。然后用了餐,美女们——根据我的主观判断,能被分类为美女的女性们——在我身边围绕。忽然,我一阵恍惚,开始觉得"就这样终结或许也不算坏"。

是的,不可能有这么恶劣的事,所以那些都是谎言,不过是有人在作弄我。

我无法忽视想如此相信的心情。

被告知自己会在今天死去,有多少人能接受?

总会有办法的吧。怎么可能有这种事!

青木丰测量技师长在零点到来前只露过一次面。"要怎么做？"他隔着室内监视器问我，"零点到来之时，你希望我们怎么做？"

若说想和美女们赤裸相拥着迎接零点的话，或许已经实现了。而他们也是第一次面对这样的事态，所以也在摸索吧？

"如果一个人的绝望能让多数人得救……"我无数次试着对自己这么说，"不是也不错吗？"作为理论，我能理解，却很难接受"那个人是自己"所带来的恐惧。

蟑螂被送去的地方，也就是时间旅行的目的地，似乎是当时的某个家庭。在那里，一名中年女子正在洗碗，这时座机响了。因为她正好洗完，于是拿起听筒，却听到对方这么说："我是你老公的出轨对象。"

"可真是吓人呢。"我想象了一下，说道。

"是啊。"青木丰测量技师长点点头，"那是个重要分歧点。"

密使要完成的任务，似乎就是要阻止这个事态的发生。因为出现了蟑螂，太太尖叫着跑出厨房，去二楼避难了。丈夫把虫子拍死后，拿起电话，吃惊地发现竟是出轨对象打来的，于是拼命地劝解了她。也就是说，事情以妻子不知道出轨一事收场。

虽然我不太明白在那里怎样的一块多米诺骨牌倒下了，但世界杯的举办地发生了变更，接着又有了诸如改变了帽子的流行趋势之类的影响，最终结果就是，防止了可怕的细菌蔓延。

这就是"会变成这样"。

零点一到，我就紧紧地闭上了眼。我的脑中一片空白，在被抛入暗黑宇宙的恐惧中，我失禁了。

坠落的感觉。在黑暗中，头朝下，加速。我是连声音都发不出的婴儿，或者说仿佛变成了婴儿。我和某个婴儿联系在了一起。不停地坠落，然后撞上坚硬的地面，一切结束。

很快，我就感到了疼痛与弹力。

虽然什么都看不到，我却知道自己被某个宽大的臂膀抱起，周围响起了不应听到的欢呼声。

我战战兢兢地睁开眼。"啊，我……还活着。"我模模糊糊地想。本该消失的我还活着，蟑螂回到过去，改变时间的流动，我死去——明明该是这样，但我还活着。我被捧起。远处的欢呼声仍未停歇。

我

或许是青木丰测量技师长为人正直,即使我已被从相关人员的范围中排除,他还是向我作了说明。自零点已经过了一个小时,我们在最初那间我接受说明的小房间里面对面坐着。

监视器里,反复播放着本该被送入虫洞的蟑螂消失不见的画面。"即使放慢速度重播还是完全弄不明白。"他挠着头说道。据说就在快到零点的时候,那只虫还在。然而,一到零点,它就消失了。

"蟑螂不是因为去时间旅行而消失的吗?"我问。

"可是没有任何影响产生啊。送入虫洞会有冲击,但没有发生,而且……"

"啊,而且我还在这里,没有死。"

"取而代之的,是一张存储卡。"

"蟑螂变身成存储卡了吗?"

"很难这么认为呢。"青木丰测量技师长有些没辙,"刚才我们确认了存储卡里的记录,是某个减肥商品的广告。"

"减肥商品的?"

"似乎是新的运动器械,但并没发现目前市面上有这样的商品。"

"要不就是未来的减肥商品,"我轻率地说,是因为还活着这个事实令我有些得意吧,"是看起来还不错的商品吗?"

"最后是巨型广告标语。"

"怎样的?"

"'比你现在的方法都有效,你会得到你所追求的效果'。"

"哈……"我嗤笑着附和。

之后,青木丰测量技师长还将恰好从大楼外经过的电商员工的证词告诉了我。零点左右,他恰好经过门外。

唯一的证人从白色建筑前通过时看到了人影。"正确来说,那人是突然站在那里的,不知道从哪里来,然后我就上车了,看不见了。"他似乎是这么说的。

男人定睛细看,看到那个人穿着绿色的皮套戏服,从头覆盖到脚,挂着根粗大的皮带,正是儿童电视节目中登场的那些战队人物的打扮。"我和儿子一起看电视时看到过,不会错的!

"上车前,那个绿衣男人从皮带上取下一个小箱子一样的东西,凑近了看,然后像是听到了什么吓人的声音一样,身体直打哆嗦。我还以为他要大叫'恶心',但他只是看似慌张地咕哝了句:'要当心不要失言。'"

我闭上了眼。仿佛看见夜色中,驶离的车噗噗地喷出烟雾,白色的围巾飘出驾驶席的窗口,英姿飒爽地晃动着。

后记

本书收录的《PK》与《超人》写自二〇一〇年的春天,夏季结束。后来因为诸多事情(并不是什么大事),并没有立刻刊登到杂志上,最终决定刊登是在第二年、二〇一一年二月左右。紧接着,发生了东日本大地震。

若问我为什么要这般说明时间顺序,那是因为作品在杂志上刊登时,被读者表扬"在震灾中完成了作品,真了不起",深感抱歉的心情驱使我写下这些。确实,杂志发售是在四月上旬,一般来说,作品会是在三月进行创作的。但遗憾的是,那场地震发生之后(特别是三月中旬),我意志消沉(虽然我并没有受到太大的损失),对无能为力的自己心生厌弃,满脑子都在考虑日常物资,完全没工夫去想小说的事。现在想来或许有些夸张,但那个时候,在杂志上发表作品本身都像场梦。

因此,地震后我几乎没怎么为这两篇作品费劲,它们就得以刊登了。虽然这样的说明与小说的内容并无关系,我也知道发表的小说被误解是无法避免的,但还是想把事实传达给大家。

《密使》是应大森望先生选编的SF文集《NOVA》之邀而写,而它的原稿也是在二〇一一年二月完成的。

在集结出这本单行本的时候,《PK》、《超人》和《密使》我都稍做修改。虽然有些自吹自擂,但我确实觉得这样读者更能享受到各篇关联的形态。

尽管有些画蛇添足，我还是决定像这样把三篇中篇放在一起，从"绿色海洋"开始，结束于"绿色服装"。虽不是有意为之，但这种并非有意为之的呼应也让我感到愉快。

文中有关英国普通微生物学会的记事，参考自二〇一〇年九月七日的AFPBB新闻报道，并混入一些虚构内容。另外，文中出现的微型蚂蚁、菌性电池等均为作者想象。

PK by Kotaro Isaka
Copyright © 2012 by Kotaro Isaka
All rights reserved.
Original published in Japan by Shueisha Inc.
Chinese (in Simplified character only) translation rights under the license granted by Kotaro Isaka arranged through Cork, Inc.

图书在版编目（CIP）数据

单挑／（日）伊坂幸太郎著；星野空译．—北京：新星出版社，2015.2
ISBN 978-7-5133-1702-3

Ⅰ．①单… Ⅱ．①伊… ②星… Ⅲ．①短篇小说-小说集-中国-当代 Ⅳ．① I247.7

中国版本图书馆 CIP 数据核字（2014）第 293558 号

谢刚 主持

单挑

（日）伊坂幸太郎　著；星野空　译

责任编辑：邹　瑨
特约编辑：赵笑笑
责任印制：韦　舰
封面设计：@broussaille 私制

出　版　发　行：新星出版社
出　版　人：马汝军
社　　　址：北京市西城区车公庄大街丙3号楼　　100044
网　　　址：www.newstarpress.com
电　　　话：010-88310888
传　　　真：010-65270449
法律顾问：北京市岳成律师事务所

读者服务：010-88310811　　service@newstarpress.com
邮购地址：北京市西城区车公庄大街丙 3 号楼　　100044

印　　　刷：三河兴达印务有限公司
开　　　本：910mm×1230mm　　1/32
印　　　张：6.5
字　　　数：95千字
版　　　次：2015年2月第一版　　2020年5月第三次印刷
书　　　号：ISBN 978-7-5133-1702-3
定　　　价：26.00元

版权专有，侵权必究；如有质量问题，请与印刷厂联系调换。